中华经典藏书

解玉峰 编注

元曲三百首

中华书局

图书在版编目(CIP)数据

元曲三百首/解玉峰编注. —北京:中华书局,2016.1(2025.2 重印)

(中华经典藏书)

ISBN 978-7-101-11465-2

Ⅰ.元… Ⅱ.解… Ⅲ.元曲-选集 Ⅳ.I222.9

中国版本图书馆 CIP 数据核字(2016)第 000230 号

书　　　名	元曲三百首
编 注 者	解玉峰
丛 书 名	中华经典藏书
责任编辑	刘胜利
装帧设计	毛　淳
责任印制	陈丽娜
出版发行	中华书局
	(北京市丰台区太平桥西里 38 号　100073)
	http://www.zhbc.com.cn
	E-mail:zhbc@zhbc.com.cn
印　　　刷	河北博文科技印务有限公司
版　　　次	2016 年 1 月第 1 版
	2025 年 2 月第 16 次印刷
规　　　格	开本/880×1230 毫米　1/32
	印张 10⅜　插页 2　字数 150 千字
印　　　数	149001-155000 册
国际书号	ISBN 978-7-101-11465-2
定　　　价	21.00 元

前　言

　　自春秋时起，近三千年来，我华夏民族一直拥有深厚的诗、词、歌、赋传统，且代有擅绝，故史家王国维尝谓："楚之骚、汉之赋、六代之骈语、唐之诗、宋之词、元之曲，皆所谓一代之文学，而后世莫能继焉也。"①对元曲的推崇，并不始于王静安先生，元明以来即多见于载籍。如元罗宗信《中原音韵·序》云："世之共称唐诗、宋词、大元乐府，诚哉！"②从罗宗信的话来看，把"大元乐府"与"唐诗"、"宋词"并称，乃是当时一种普遍观念，故罗氏有"世之共称"语。罗宗信之后，明清时人如陈与郊、于若瀛、臧懋循、焦循等皆有相似的言论，如清焦循尝谓："有明二百七十年，镂心刻骨于八股……洵可继楚骚、汉赋、唐诗、宋词、元曲，以立一门户……夫一代有一代之所胜。"③由此可见，王国维一代有"一代之文学"的文学观是前有统绪的，不宜视为其个人发明。

　　从类别来说，今人所谓的"元曲"主要包括剧曲、散曲两大类。剧曲用于戏剧中（即元人杂剧），为叙述故事或抒发人物情感服务，散曲则如诗、词一样，可独立成篇。散曲又可分为小令、带过曲、套数三类。所谓"小令"主要是体制较为短小、可独立成篇的支曲。所谓"带过曲"主要是指两支或三支曲共同组织成篇，因是前一支曲连带、统领后一、两支曲，故称

---

　　①　王国维《宋元戏曲史·序》，上海古籍出版社1998年版。
　　②　罗宗信《中原音韵·序》，《中国古典戏曲论著集成》（1），第177页，中国戏剧出版社1959年版。
　　③　焦循《易馀籥录》卷十五。

"带过曲"，如【脱布衫带小梁州】、【雁儿落过得胜令】、【醉高歌兼红绣鞋】、【骂玉郎带感皇恩、采茶歌】等。宋人词多包括上下两片（段），元曲小令皆为单片（段），带过曲略相当于两片（段）或三片（段）的词。"套数"又称"套曲"或"散套"，一般由三支或三支以上的曲调前后联缀成篇，套数实是"带过曲"更进一步的扩大和延伸，短则三四支，长则一二十支，同套曲必同韵。元杂剧使用的元曲皆为套曲。从文体的规范性和稳定性来看，小令、带过曲实可视为一类，而套数可视为另一类，前者相对后者而言文体上更趋于律化或词化，也较少使用衬字，而后者更多处于漫漶无定的状态。罗宗信、周德清等元人津津乐道的，可与"唐诗"、"宋词"并举的"大元乐府"，主要是指前一类——"有文章者谓之乐府"，其"造语"须是"格调高、音律好、衬字无、平仄稳"[1]。如果元曲真正如周德清所希望的那样走向律化，实现文体的规范性：篇有定句、句有定字、字合平仄，"曲"实与"词"无异。虽然，本流行于市井的、也无所谓格律的民间曲，因为文人的参与，很快走向律化，向词靠拢，特别是其中的一些小令和带过曲，但事实上，今人所看到的绝大多数"元曲"，特别是其中的套曲（包括散套和剧套），仍大多是漫漶无定的，这便在人们的头脑中制造了这样一种印象："词"、"曲"有别，"宋词"与"元曲"有别。而且，由于套曲、特别是用于元杂剧中的剧套，在文字数量上远过于小令和带过曲[2]，故自晚明至王国维、再至今日，一般文籍中与"唐诗"、"宋词"并称的"元曲"，其主要指义实为元杂剧中使用的剧套，故明人臧懋循编辑元人杂剧百种而径称为《元曲选》。

---

① 周德清《中原音韵》，《中国古典戏曲论著集成》（1），第231、232页，中国戏剧出版社1959年版。

② 据洛地先生统计，元剧今存171本，每本四套，共计689套。据隋树森先生统计，元人散曲今存套数457套，小令（包括带过曲）3853首。

"元曲"的基本构成情况即如上述。但"元曲"被称为元"曲"，主要缘于元曲在当日并非只是一种案头赏读的文字，而是"曲"，曾登诸歌场的"曲"，在当时作为一种歌唱风靡一时。故以下我想从"音乐"方面略作几点说明。

　　首先是"宫调"问题。宋元以来南北曲使用的宫调为"六宫十一调"，"六宫"为仙吕、南吕、黄钟、中吕、正宫、道宫，"十一调"为大石、小石、般涉、商角、高平、揭指、商调、角调、越调、双调、宫调。元（北）曲常用的宫调为仙吕、南吕、黄钟、中吕、正宫、大石、商调、越调、双调，即是所谓"北九宫"。元人燕南芝庵《唱论》有云：

　　　　大凡声音各应于律吕，分于六宫十一调，共计十七宫调：

　　　　仙吕调唱，清新绵邈。

　　　　南吕宫唱，感叹伤悲。

　　　　中吕宫唱，高下闪赚。

　　　　黄钟宫唱，富贵缠绵。

　　　　正宫唱，惆怅雄壮。

　　　　道宫唱，缥逸清幽。

　　　　大石唱，风流蕴藉。

　　　　小石唱，旖旎妩媚。

　　　　高平唱，条物滉漾。

　　　　般涉唱，拾掇坑堑。

　　　　歇指唱，急并虚歇。

　　　　商角唱，悲伤宛转。

　　　　双调唱，健捷激袅。

　　　　商调唱，凄怆怨慕。

　　　　角调唱，呜咽悠扬。

　　　　宫调唱，典雅沉重。

　　　　越调唱，陶写冷笑。

　　按，燕南芝庵当为元初人，生平事迹不详，其所著《唱论》应为当时民间唱家歌唱经验、技巧的一种世代累积型成果，为民间集体性智慧的结晶。故燕南芝庵于各宫调声情的描绘——仙吕调清新绵邈、南吕宫感叹伤悲、越调陶写冷笑等——应有所本，当非向壁虚构一类。《唱论》对各宫调声情的描绘为后来杨朝英编《阳春白雪》、陶宗仪《辍耕录》、朱权《太和正音谱》、臧懋循编《元曲选》等文献转相引用，故其对后来影响甚大，当代许多研究者在解释南北曲宫调时也仍引以为据。但按诸实际，我们却很容易发现：元曲曲词的词情与其所用宫调的声情极少相符和者。这也就是说，如果我们依据《唱论》关于宫调声情的描绘直接判断其曲词之声情，可能非常危险，或者严重不合事实。此种例证比比皆是，恕不征引。我们认为，仙吕调、南吕宫等各种宫调在唐、宋时，或应有其"音乐"的意义，但从宋元以来的南北曲来看，我们已很难探寻其音乐方面的意义。

这是否意味着南北曲的"宫调"没有实际意义呢？并非如是。从"文体"来看，同一"宫调"的数支曲牌连用时必然同"韵"，宋元的诸宫调在转换用"韵"时，必然同时转换"宫调"。元曲杂剧例用四套北曲，每套北曲用韵皆不同，与此相应的是其所用"宫调"也各个不同。如关汉卿《单刀会》，首套为【仙吕·点绛唇】（用萧豪韵），第二套为【正宫·端正好】（用尤侯韵），第三套为【中吕·粉蝶儿】（用江阳韵），第四套为【双调·新水令】（用车遮韵）。根据现有的史料，我们不能把南北曲的"宫调"直接与"韵"等同起来，不能完全否认"宫调"在音乐上的意义，但"宫调"显然与其用韵、换韵有着非常密切的关系。

其次是"曲牌"问题。自元明以下直至今日，人们（对"诸宫调"及元"北曲"）都定论为：特定之某一"宫调"统领某一些特定的曲牌，每一曲牌皆有其特定的"宫调"归属。如《辞海》称："每一曲牌都有一定的曲调、唱法。"《中国大百科全书·戏曲卷》说得更为确定，谓："每支曲牌唱腔的曲调，都有自己的曲式、调式和调性。""元曲将同调高又同调式即可归于同一宫调的诸曲牌联结成套。"这其间可能有两个问题，很值得我们进一步追问。

一是曲牌是否都有其特定的"宫调"归属。据洛地先生的调查统计，现存元北曲牌379支中，一曲牌前标两"宫调"以上（周德清含糊其辞称之为"出入"）者竟达144之数，占379曲牌近40%！其中：一曲牌前标两"宫调"者97支，标三"宫调"者38支；标四"宫调"者7支，一曲牌前标五"宫调"者3支。这充分说明，曲牌，至少相当一部分曲牌与"宫调"并没有特定的归属关系。

二是每支曲牌是否都有其特定的唱腔或旋律，都有自己的曲式、调式和调性。若回答这一问题，我们还要看具体实际。假如曲牌文词相对稳定、字句差别不大、表达的情感也相近，在这样的情况下，同样的曲牌套用的唱腔或旋律也相似或相同，还是很可能的。但细心的读者很容易发现，同样的曲牌，其字句或情感等差异可能非常大。即以收入本选的曲作为例。如【沉醉东风】，以下依次录胡祗遹、一分儿、兰楚芳、关汉卿四人的曲作：

渔得鱼心满意足，樵得樵眼笑眉舒。一个罢了钓竿，一个收了斤斧，林泉下相遇。是两个不识字渔樵士大夫，他两个笑加加的谈今论古。

红叶落火龙褪甲，青松枯怪蟒张牙。可咏题，堪描画，喜觥筹席上交杂。答剌苏频斟入礼厮麻，不醉呵休扶上马。

金机响空闻玉梭，粉墙高似隔银河。闲绣床，纱窗下过，伴咳嗽喷绒香唾。频唤梅香为甚么，则要他认的那声音儿是我。

想着俺汉高皇图王霸业，汉光武秉正除邪，汉献帝将董卓诛，汉皇叔把温侯灭，俺哥哥合承受汉家基业。则你这东吴国的孙权和俺刘家却是甚枝叶？请你个不克己先生自说！

又如【叨叨令】曲，以下依次录周文质（两首）、白朴的曲作：

筑墙的曾入高宗梦，钓鱼的也应飞熊梦，受贫的是个凄凉梦，做官的是个荣华梦。笑煞人也么哥，笑煞人也么哥，梦中又说人间梦。

叮叮当当铁马儿乞留定琅珰，啾啾唧唧促织儿依柔依然叫，滴滴点点细雨儿淅零淅留哨，潇潇洒洒梧叶儿失留疏剌落。睡不着也么哥，睡不着也么哥。孤孤零零单枕上迷彪模登靠。

一会价紧呵，似玉盘中万颗珍珠落；一会价响呵，似玳筵前几簇笙歌闹；一会价清呵，似翠岩头一派寒泉瀑；一会价猛呵，似绣旗下数面征鼙操。兀的不恼杀人也么哥！兀的不恼杀人也么哥！则被他诸般儿雨声相聒噪。

又如【塞鸿秋】曲，以下依次录贯云石、周德清、无名氏三人的曲作：

战西风几点宾鸿至，感起我南朝千古伤心事。展花笺欲写几句知心事，空教我停霜毫半晌无才思。往常得兴时，一扫无瑕疵。今日个病恹恹刚写下两个相思字。

长江万里白如练，淮山数点青如淀，江帆几片疾如箭，山泉千尺飞如电。晚云都变露，新月初学扇，塞鸿一字来如线。

宾也醉主也醉仆也醉，唱一会舞一会笑一会，管甚么三十岁五十岁八十岁，你也跪他也跪恁也跪。无甚繁弦急管催，吃到红轮日西坠，打的那盘也碎碟也碎碗也碎。

试问同样的曲牌，文词字句、情感既差异如此之大，又怎可能有相同或相似的唱腔、旋律或"曲式、调式和调性"？

中国传统的歌唱，其"乐"大都是为"文"服务的，是"文"为主、"乐"为从，这一点是与西洋音乐以及近百年来完全为西洋乐理观念支配的中国歌曲创作根本不同的。中国式的歌唱，"乐"常常因为"文"的字句差异或情感差异而调整、为传达文辞服务，这是大处。从细处而言，我们现在所探讨的元曲的唱，在总体上是属于"依字声行腔"的一类歌唱，这也就是说，同样的曲牌，即使其字句、情感差异不大，但由于其所用字的四声（平、上、去、入）不可能完全相同，其唱腔或旋律可能差异极大或者完全不同。这种现象在今日犹存的南北曲（所谓"昆曲"）歌唱中，可谓非常之普遍。

最后是元曲音乐在今日的遗存问题。今人所谓"元曲"，主要是元人所作北曲，其歌唱所用的语言主要是用元人官话[①]。今人所谓"昆曲"，实际上包括北曲、南曲两类风格差异很大的歌唱[②]。在笔者看来，"昆曲"中的北曲唱，基本反映了元北曲唱的风味特征。关汉卿《单刀会》"训子"、"刀会"两折、《窦娥冤》"斩娥"折、孔文卿《东窗事犯》"扫秦"折、王实甫《西厢记》"长亭"、无名氏《货郎担》"弹词"、罗贯中《风云会》"访谱"折、杨讷《西游记》"认子"、"胖姑"两折等剧曲及马致远【夜行船】《秋思》套曲、张养浩【山坡羊】《潼关怀古》等散曲，今日犹有传唱，尚存元人之典型。

上述诸折的戏剧演出，在今日南、北昆剧院团的演出中偶或可见。此外，在上海、北京、南京、苏州、天津、扬州、香港等现代都市，今日仍有（昆）曲社一类的社团组织，曲友们多于周末或节假日，假清静之所，环桌而坐，丝竹为伴，引吭高歌，其所歌多为南北曲，读者若有兴趣，不妨探访习学，然

---

① 或称元人通语，与今日的普通话差别不甚大，都无入声字。

② 造成这种差异的主要原因是，北曲唱用元人官话，而南曲唱主要是用明人官话（有入声字），而明人官话与宋人官话更近，而与今日的普通话更远。

后对曲唱（包括元曲唱），当有切身之体会。

如果不考虑元曲"音乐"的音素，单从"文学"的角度，应当如何编选一种元曲选本呢？

1926年，继蘅塘退士《唐诗三百首》、上彊村民《宋词三百首》之后，任讷先生在南京编成《元曲三百首》。1943年，同门卢前先生在此编本基础之上略加增删，仍名为《元曲三百首》。此后，任讷、卢前二先生合编的《元曲三百首》成为影响最大的元曲选本，近半个世纪来以《元曲三百首》为题的元曲选本，大都以任、卢合编本为本进行译注或赏析。任讷、卢前两位前辈都是曲学大师吴梅先生的入室弟子，追随吴瞿安先生研读词曲有年，学问识解，俱臻极诣，所编《元曲三百首》宜乎今日犹传。但任何诗、词、曲选本都是编者按照某种眼光或标准编成的，难免顾此失彼，有其长，亦必有其短，任讷、卢前两先生合编的《元曲三百首》也难以例外。

如前所述，虽然从具体作品看，体式无定、自由散漫的"曲"与体式有定、严格规范的"词"确有极大差异，但从理论上说，"词"、"曲"之间本无截然可分的疆界，"曲"若能律化或走向规范化，即是"词"，故今人隋树森编辑的《全元散曲》中的许多小令称为"词"也未尝不可，《全元散曲》所收的许多小令同时被收入唐圭璋先生编辑的《全金元词》，元曲小令被收入《康熙词谱》者多达64调。而任、卢两前辈是在《唐诗三百首》、《宋词三百首》既出之后编选的，在他们的观念中，"曲"是有别于"诗"、也有别于"词"的另一种文体，故他们在编选《元曲三百首》时尤偏重那些有别"词"的、特别有"曲"味的作品。但元曲中最有"曲"味的，本当推体式最为漫漶无定的元剧套曲或散套，为王国维所激赏的"元曲"也主要是这一类。任、卢两先生的《元曲三百首》所选都是元曲小令（包括带过曲），而其所选则多是风味上明显有别于"词"的作品。诗、词、曲选本都应尽可能以小见大、借局部以反映全貌，故若从反映元曲历史的"丰富性"而言，任、卢两先生《元曲三百首》的局限是不言而喻的。

作为一位后来者，本自知拿陋，承命重编《元曲三百首》，我最主要的想法也就是希望这个元曲选本能尽可能反映出元曲的本来面目，主要是其历史的"丰富性"，分而言之，主要包括以下几个方面：

一、与任讷、卢前《元曲三百首》相同，本选正编所选曲作也都是小令（包括带过曲），但这些小令并不锁定于风味必然有别于"词"的作品，既有高度律化、规范化且风味与词相近的"曲"，又有体式较不稳定、规范、也较有"曲"味的"曲"。同时在正编之外增加附录，选录了最富"曲"味的四篇套曲：两篇散套和两折剧套。这两篇散套皆为名作，一为睢景臣【般涉调·哨遍】《高祖还乡》套曲，一为马致远【双调·夜行船】《秋思》套曲，取其风格上一俗一雅。所选两折剧套，一出自关汉卿名作《单刀会》，一出自白朴名作《梧桐雨》，一激昂慷慨，一婉转缠绵，也恰成对照。

二、从总体来看，元曲小令文体的规范性不及宋人词，但若从表情达意看，元曲因其形式体制的不拘一格，其题材及风格表现方面也可能容纳多样性和丰富性。如果说词多限于离情别绪，故通读《宋词三百首》极易导致"审美疲劳"，而元人曲往往给人以多样的审美享受。任讷《词曲通论》尝云："词静而曲动，词敛而曲放，词纵而曲横，词深而曲广，词内旋而曲外旋，词阴柔而曲阳刚，词以婉约为主，别体则为豪放；曲以豪放为主，别体则为婉约。"也正是出于这样一种观念，任、卢两前辈的选本往往偏重于与诗、词风格相异的曲作，故本选在考虑入选曲作时更多考虑了元曲风格的多样性：或端庄，或诙谐，或豪放，或婉约，或质实，或纤巧，或秾丽，或平淡……力求三百篇中，兼容冷热庄谐、酸甜苦辣，多样风格，诸般滋味。

三、与任讷、卢前《元曲三百首》相同，本选也偏重于名家名作，但从入选曲家、曲作看，任、卢二位的选本在取舍时偶有轻重失当之嫌。如马致远选三十一首、乔吉选三十首、张可久选四十首，三家合计一百零一首，占全部篇目的三分之一，而作为"元曲四大家"之一关汉卿仅入选六首，郑光祖则未能有曲作入选。汤式为后期极重要的曲家，其散曲集《笔花集》在当时流传甚广，今存小令一百七十首、套数六十八篇，作品总数仅次于张小山，小令篇数仅次于张可久、乔吉，而任、卢二位的选本仅选其小令两首，等等。鉴于上述情况，本选在考虑入选曲家及曲作时，力求兼顾元曲创作的历史实际，在选目方面有重大调整，基本上是重起炉灶。

四、自任讷、卢前《元曲三百首》面世后，近半个世纪以来，坊间先后涌现多种以任、卢选本为本的译注本和评注本，这些译注本和评注本为一般读者了解元曲作了很大贡献。从总体来看，这些译注本和评注本对作品的导读、赏析，主要围绕作品的主旨、风格或辞义的疏解而展开。在编者看来，今人理解元曲，除历史背景、语言文字等方面的困难外，其形式体制、结构技巧等方面的理解可能也存在诸多困难。如巧体使用在元曲创作中是很普遍的现象，元曲家多讲究文字技巧，以此逞才显能。明人王骥德《曲律》中曾专列"论巧体"一节，任中敏先生《散曲概论》曾列举短柱体、叠韵体、顶真体、叠字体、签字体等二十多种。去古已远，今人对元曲巧体多已隔膜。故本选对曲作的导读、赏析，除点明题旨或风格外，尤偏重其形式体制、结构技巧等方面的疏解。同时，也搜集了一些古人谈曲论文的文字（多置于作家生平事迹介绍之后），以帮助读者进入历史语境，对作为"一代之文学"的元曲有更多的理解和同情。

本选以近人隋树森编《全元散曲》为底本，参校以《阳春白雪》、《太平乐府》、《乐府新声》、《乐府群珠》等元、明刊本，

择善而从，不另出校记。本选曲文的注释，对时贤俊彦的译注
本和评注本也有所参借，谨此供陈，以示不敢掠美。

解玉峰

2015 年 12 月

目　录

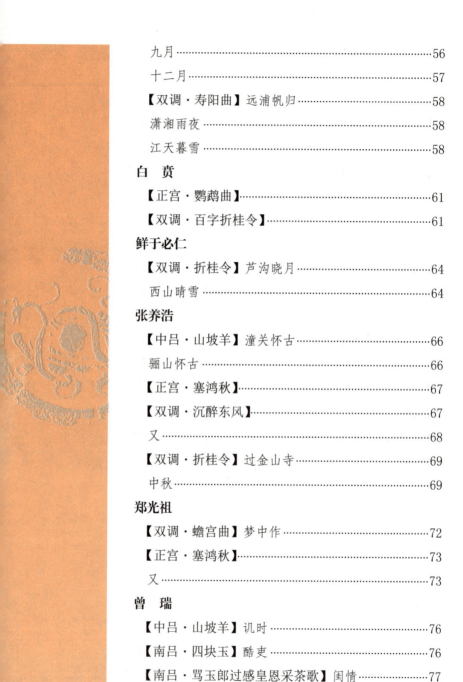

附录

元好问

　　元好问（1190—1257），字裕之，号遗山，太原秀容（今山西忻州）人。金代著名诗人、史学家。七岁能诗，有神童之目。年十四，从郝天挺问学，六年业成。蒙古南下，避乱河南，诗名震京师，称为元才子。金宣宗兴定五年（1221）进士。哀宗正大元年（1224）中博学宏词科，授儒材郎，充国史院编修。后又历官尚书省掾、左司都事等。金亡后不仕元，二十馀年间潜心编纂著述，致力于保存金代文化，编成《中州集》。元好问为一代文宗，文章独步天下三十年，诗文多为后世称道。著有《元遗山集》，词集为《遗山乐府》。其散曲今存小令九首。徐世隆《元遗山集序》云："（遗山）乐府则清雄顿挫，闲婉浏亮，体制最备，又能用俗为雅，变故作新。"

【双调·小圣乐】
骤雨打新荷①

绿叶阴浓，遍池亭水阁，偏趁凉多。海榴初绽②，妖艳喷红罗。乳燕雏莺弄语，有高柳鸣蝉相和。骤雨过，珍珠乱撒，打遍新荷。

又

人生有几，念良辰美景，一梦初过。穷通前定③，何用苦张罗。命友邀宾玩赏④，对芳樽浅酌低歌⑤。且酩酊⑥，任他两轮日月，来往如梭。

【注释】

①双调：宫调名。小圣乐：曲牌名。骤雨打新荷，题目名。以下凡宫调名、曲牌名不另标注。又，元散曲之"题目"多系元明曲选编者所加，不一定出自元曲家本人。此曲当时流传甚广，主要表现的人生如寄、散淡逍遥的情绪亦为元人散曲常见之主题。

②海榴：即石榴，因从海外移植，故名。

③穷通前定：此乃一种唯心的迷信说法，言个人命运之好坏系前世注定。穷通，失意与得意。

④命友：邀请朋友。

⑤芳樽：美酒。樽，酒杯。

⑥酩酊（mǐngdǐng）：酒醉状。

商 挺

　　商挺（1209—1288），字孟卿，一作"梦卿"，晚年自号左山老人，曹州济阴（今山东曹州）人。曲家商正叔之侄。年二十四，金人攻破汴京，北走依赵天锡，与元好问、杨奂交游。元初为行台幕僚，深为元世祖赏识，历任宣抚司郎中、宣抚副使、参知政事、同金枢密院事、枢密副使等职。卒赠鲁国公，谥文定。《元史》有传。商挺工诗善书，尤长隶书，善画山水，墨竹自成一家。尝著诗千馀篇，惜多散佚。散曲今存小令【双调·潘妃曲】十九首，多写闺情。

【双调·潘妃曲】①

小小鞋儿白脚带，缠得堪人爱②。疾快来，瞒着爹娘做些儿怪。你骂吃敲才③，百忙里解花裙儿带。

又

目断妆楼夕阳外，鬼病恹恹害。恨不该，止不过泪满旱莲腮。骂你个不良才，莫不少下你相思债？

又

闷酒将来刚刚咽，欲饮先浇奠。频祝愿④：普天下心厮爱早团圆⑤！谢神天，教俺也频频的勤相见。

又

只恐怕窗间人瞧见，短命休寒贱。直恁地肐膝软⑥，禁不过敲才厮熬煎。你且觑门前，等的无人呵旋转⑦。

【注释】

①此处所选四首【潘妃曲】皆写男女之情，或私会、或相思、或闺怨，都写得急切透辟、传神如睹。

②"小小鞋儿"两句：反映了宋元以来流行的女子缠足的风习。

③吃敲才：犹言该打的人。

④频：频繁。

⑤厮爱：相爱。

⑥直恁：竟如此。肐（gē）：即胳膊。

⑦旋转：回转。

刘秉忠

　　刘秉忠（1216—1274），字仲晦，初名侃，邢台县（今属河北）人。元初著名政治家、学者、书法家。年十七，为邢台节度史府令史，不久弃去，隐居武安山中为僧。后游云中，后因海云禅师，入见元世祖忽必烈，应对称旨，遂留侍左右。元初，任光禄大夫，位太保，参与中书省事，为开国重臣。卒赠太傅，封赵国公，谥文贞。刘秉忠自幼好学，至老不衰，斋居蔬食，终日淡然，自号藏春散人，每以吟咏自适。善长诗词书法，有《藏春散人集》六卷传世。现存小令十二首。

【南吕·干荷叶】

南高峰，北高峰，惨淡烟霞洞①。宋高宗②，一场空，吴山依旧酒旗风③。两度江南梦④。

又

脚儿尖，手儿纤，云鬓梳儿露半边。脸儿甜，话儿粘，更宜烦恼更宜忺⑤。直恁风流倩⑥。

【注释】

①"南高峰"三句：杭州西湖有南、北高峰，遥遥相对。烟霞洞在南高峰下，为西湖最古的石洞之一，有五代、北宋造像。

②宋高宗：即赵构，宋徽宗第九子。初封康王，公元1127年，金人攻下汴京，俘徽宗、钦宗二帝北去。赵构南逃至南京（今河南商丘），即位称帝；后又于杭州（今属浙江）建都，史称"南宋"。他在位三十六年，对金屈辱称臣，以求和平。

③吴山：在西湖东南，春秋时为吴国的南界，故名。俗称"城隍山"。宋元时此地酒肆林立，十分繁华。酒旗：也叫"酒帘"，旧时店家标志。杜牧《江南春绝句》："水村山郭酒旗风。"

④两度江南梦：五代吴越和南宋两个建都杭州的王朝都相继灭亡。

⑤忺（xiān）：高兴，适意。

⑥直恁：只这般。倩：美好。

王和卿

王和卿，大都（今北京）人。生卒年不详。滑稽佻达，传播四方，尝与关汉卿相讥谑。钟嗣成《录鬼簿》列为前辈名公。现存散曲小令二十一首，多滑稽游戏之作，尖新俏皮，或流于油滑恶趣，如其《嘲胖妓》、《嘲王大姐浴房吃打》等。

【仙吕·醉中天】
咏大蝴蝶①

弹破庄周梦②，两翅驾东风，三百座名园一采一个空。难道风流种③，吓杀寻芳的蜜蜂。轻轻的飞动，把卖花人扇过桥东④。

【注释】

①曲尚谐趣，此曲以夸张动人。陶宗仪《辍耕录》说："大名王和卿，滑稽佻达，传播四方。中统初，燕市有一蝴蝶，其大异常，王赋【醉中天】小令云云，由是其名益著。"此曲或为讥讽风流好色的"花花太岁"而作。

②弹破庄周梦：《庄子·齐物论》云庄周梦中化为蝴蝶，栩栩然飞动，觉得很适意。后醒来，分辨不清是庄周在梦里化成了蝴蝶，还是蝴蝶在梦里化成庄周。庄子以梦蝶故事喻人生如梦。这里只借庄周梦的被弹破来形容蝴蝶之大，无其他寄意。弹，一作"挣"。

③风流种：本指才华出众、举止潇洒的人物，此指贪恋女色之采花贼。

④扇（shān）：本指摇动物体、振动空气而生风，这里引申为吹。

白　朴

　　白朴（1226—1306），字仁甫，一字太素，号兰谷，祖籍隩州（今山西河曲），后流寓真定（今河北正定）。父白华，为金枢密院判官，与元好问有通家之谊。白朴七岁遭壬辰（1232）蒙古侵金之难，赖父执元好问携带避难山东，寓居聊城，学问教养皆蒙元好问指点。元好问尝有赠诗云："元白通家旧，诸郎独汝贤。"白仁甫学问博览，然自幼经丧乱，仓皇失母，便有满目山川之叹。金亡后，不愿出仕，放浪形骸，期于适意。后徙家金陵，与诸遗老往还，寄情山水、诗酒。有词集《天籁集》传世。尤工于曲，与关汉卿、马致远、郑光祖并称"元曲四大家"。作杂剧十六种，今存《梧桐雨》等三种。另有小令三十七首，套数四篇。杂剧散曲以绮丽婉约见长，王国维《宋元戏曲史》谓："白仁甫、马东篱，高华雄伟，情深文明……均不失为第一流。"

【仙吕·寄生草】
饮①

长醉后方何碍②，不醒时有甚思。糟腌两个功名字，醅淹千古兴亡事，曲埋万丈虹霓志③。不达时皆笑屈原非④，但知音尽说陶潜是⑤。

【注释】

①饮：本曲一说系范康（字子安）所作，曲题《酒》。此曲实多愤激之语。

②方何碍：却何碍。方，却。

③"糟腌"三句：对仗工整，为鼎足对。糟腌，用酒糟浸渍。醅（pēi）淹，用劣酒掩盖。曲，酒糟。虹霓志，气贯长虹的豪情壮志。

④不达时：不识时务。屈原（前340—前278）：战国时楚国大夫。曾推行举贤授能、修明法度的"美政"，后遭驱逐，"美政"理想破灭，乃投汨罗江而死。自东汉班固以来，秉持儒家传统的士人对其行为多有指责，言其"露才扬己"、"不识时务"。此乃用反语。

⑤知音：知己。陶潜（365—427）：字渊明，东晋著名诗人。曾任彭泽县令，因不愿"为五斗米折腰"，辞官归隐。陶潜淡泊名利，且喜好饮酒，故本句紧扣题旨。是：正确。

【中吕·阳春曲】
知几^①

知荣知辱牢缄口^②，谁是谁非暗点头，诗书丛里且淹留^③。闲袖手，贫煞也风流^④。

又

不因酒困因诗困^⑤，常被吟魂恼醉魂^⑥，四时风月一闲身^⑦。无用人，诗酒乐天真^⑧。

【注释】

① 白朴【中吕·阳春曲】以"知几"为题者四首，今选其中两首，皆避世之词，也皆为作者寄情诗酒之写照。知几（jī）：了解事物发生变化的关键和先兆。《周易·系辞下》："知几，其神乎……几者动之微，吉之先见者也。"几，隐微预兆。

② 知荣：就是要懂得"持盈保泰"的道理。知辱：就是要懂得"知足不辱"的道理。《老子》二十八章："知其荣，守其辱，为天下谷。"这是老子明哲保身的哲学。缄（jiān）口：闭口不言。《说苑·敬慎》："孔子之周，观于太庙，右陛之前，有金人焉，三缄其口，而铭其背曰：古之慎言人也。"

③ 淹留：停留。屈原《离骚》："时缤纷其变易兮，又何可以淹留。"

④ 贫煞：极其贫穷。

⑤ 酒困：谓饮酒过多，为酒所困。诗困：谓搜索枯肠，终日苦吟。

⑥吟魂：指作诗的兴致和动机。也叫"诗魂"。醉魂：
　谓饮酒过多，以致神志不清的精神状态。

⑦四时：一指春、夏、秋、冬四季；一指朝、暮、昼、
　夜。风月：指清风明月等自然景物。欧阳修【玉楼
　春】："人生自是有情痴，此恨不关风与月。"

⑧天真：指没有做作和虚伪、不受礼俗影响的天性。

【越调·天净沙】

春①

春山暖日和风，阑干楼阁帘栊②，杨柳秋千院
中。啼莺舞燕，小桥流水飞红③。

秋

孤村落日残霞，轻烟老树寒鸦，一点飞鸿影
下④。青山绿水，白草红叶黄花。

【注释】

①白朴以【越调·天净沙】春、夏、秋、冬为题者凡
　八首，皆明丽可喜，今选其中两首。词、曲之间本
　不存在严格分界，"曲"若能严守格律、写得老实即
　是"词"。故今所谓"元曲"者实宜称"元词"者
　亦复不少，【天净沙】即最早律化为词者。

②帘栊：窗户上的帘子。李煜【捣练子】："无奈夜长
　人不寐，数声和月到帘栊。"

③飞红：落花。

④一点飞鸿影下：秋雁从天空飞过，影子投在水面上。

【双调·沉醉东风】
渔父①

黄芦岸白蘋渡口②，绿杨堤红蓼滩头③。虽无刎颈交④，却有忘机友⑤，点秋江白鹭沙鸥。傲煞人间万户侯⑥，不识字烟波钓叟。

【注释】

①元曲中多见以渔夫、樵夫为题者，大多暗寓归隐之志，此即其中之一。

②白蘋（pín）：水中浮草。亦作"白萍"。

③红蓼（liǎo）：开着红花的水蓼。蓼，生长在水边的叫做水蓼。秋日开花，呈淡红色。

④刎颈交：生死相交，愿以性命相许的朋友。司马迁《史记·廉颇蔺相如列传》："卒相与欢，为刎颈之交。"

⑤忘机友：泯除机诈之心的朋友。李白《下终南山过斛斯山人宿置酒》："我醉君复乐，陶然共忘机。"

⑥万户侯：古代贵族的封邑以户口计算，汉时分封诸侯，大者食邑万户，后以"万户侯"指代高官显贵。

王恽

　　王恽（1227—1304），字仲谋，别号秋涧，卫州汲县（今属河南）人。元代著名学者、文学家、书法家。中统元年（1260），因姚枢荐，由东平详议官擢为中书省详定官，二年（1261）转任翰林修撰、通知制诰兼国史院编修。后历任御史台、监察御使、翰林待制拜朝列大夫、嘉议大夫等职。卒赠翰林学士承旨、资善大夫，追封太原郡公，谥文定。王恽在省院有经纶之才，任监察官有弹击平反之誉，作为文章，不蹈袭前人。绾持文柄，独步一时。精于书画，为世称誉。《元史》有传。著有《秋涧先生大全集》一百卷。今存小令四十一首。

【正宫·黑漆弩】
游金山寺并序^①

邻曲子严伯昌尝以【黑漆弩】侑酒。省郎仲先谓余曰:"词虽佳,曲名似未雅。若就以【江南烟雨】目之,何如?"予曰:"昔东坡作【念奴曲】,后人爱之,易其名曰【酹江月】,其谁曰不然?"仲先因请余效颦,遂追赋《游金山寺》一阕,倚其声而歌之。昔汉儒家畜声妓,唐人例有音学。而今之乐府,用力多而难为工,纵使有成,未免笔墨劝淫为侠耳。渠辈年少气锐,渊源正学,不致费日力于此也。其词曰:

苍波万顷孤岑矗^②,是一片水面上天竺^②。金鳌头满咽三杯^③,吸尽江山浓绿。蛟龙虑恐下燃犀^④,风起浪翻如屋。任夕阳归棹纵横,待偿我平生不足。

【注释】

①王恽为其【黑漆弩】曲所作之《序》,对我们了解词曲创作的背景、词曲一调多名的现象都有所帮助。

【黑漆弩】因名王恽学士这首曲而称【学士吟】,又因白无咎所作【黑漆弩】中有"鹦鹉洲边住"而称【鹦鹉曲】。

②天竺:此指佛寺。

③金鳌:金山的最高峰,称"金鳌峰"。

④"蛟龙"句:《晋书·温峤传》:"至牛渚矶,水深不可测。世云其下多怪物。峤遂燃犀角而照之。须臾,见水族覆火,奇形异状,或乘马车着赤衣者。

峤其夜梦人谓己曰：'与君幽明道别，何意相照也？'意甚恶之。"古人以为水深有怪，宝物照之，可使其现出原形。此处用此典以描绘水急浪高。

胡祗遹

　　胡祗遹（yù，1227—1293），字绍开，号紫山，磁州武安（今河北磁县）人。元代著名学者、文学家。元世祖中统初，为大名宣抚员外郎，至元元年（1264）任应奉翰林文字，兼太常博士，转任左右司员外郎。后出为河东山西道提刑按察副使。元灭宋统一全国后，历任宣慰副使、提刑按察使等职。为官刚正，因触犯权奸，被贬外任，所到之处抑强豪、扶寡弱、敦教化，颇有政声。晚年诏拜翰林学士，托病不就。卒谥文靖，赠礼部尚书。著有《紫山大全集》二十六卷传世。现存小令十一首。张之瀚《挽胡紫山绍开》云："文章勋业乘除里，太白渊明伯仲间。"

【双调 · 沉醉东风】①

渔得鱼心满意足，樵得樵眼笑眉舒②。一个罢了钓竿，一个收了斤斧③，林泉下相遇。是两个不识字渔樵士大夫④，他两个笑加加的谈今论古⑤。

【注释】

①胡祗遹【双调 · 沉醉东风】现存两首，今选其一。曲中的渔夫、樵民显为隐者之写照。诗中亦有隐逸一类，但一般都静穆悠远，不似曲中这般通脱自然。

②"渔得"两句：乃言只要能捕到鱼、砍到柴就心满意足，别无奢望。

③斤斧：斧头。

④不识字渔樵士大夫：渔夫、樵民虽然不识字，却有士大夫难得的淡泊胸襟。

⑤笑加加：笑哈哈。

卢　挚

　　卢挚（1235—1314），字处道，一字莘老，号疏斋，又号嵩翁，涿郡（今河北涿县）人。至元五年（1268）仕元，累迁少中大夫、河南路总管。大德初，授集贤学士、大中大夫，大德四年（1300）出持宪湖南，迁江东道廉防使，复入为翰林学士，迁承旨。其诗文均著名于时，文章与姚燧齐名，世称"姚卢"。论诗则与刘因并称，世称"刘卢"。著有《疏斋集》、《疏斋后集》（皆佚），今人李修生编有《卢疏斋集辑存》。今存散曲一百二十首，贯云石《阳春白雪序》云："疏斋妩媚，如仙女寻春，自然笑傲。"

【双调·寿阳曲】
别珠帘秀①

才欢悦，早间别②，痛煞煞好难割舍。画船儿载将春去也③，空留下半江明月。

夜忆

灯将灭，人睡些，照离愁半窗残月。多情直恁的心似铁④，辜负了好天良夜⑤。

【注释】

①卢挚【双调·寿阳曲】共九首，皆尖新俏丽，此选其中两首。珠帘秀，元代著名歌伎，与卢挚、关汉卿等曲家都有往来。与卢挚也有酬答，见本书。

②早：就，已经。间别：离别。

③将：语气助词。春：本指春色，这里用以指代色美如春的珠帘秀。"画船"句直接运用俞国宝【风入松】"画船载取春归去，馀情付湖水湖烟"句意。

④直恁的：真这样，果如此。

⑤好天良夜：大好时光。马致远【双调·夜行船】："没多时好天良夜，富家儿更做道你心似铁。"

【双调·殿前欢】①

酒杯浓，一葫芦春色醉山翁②，一葫芦酒压花梢重。随我奚童③，葫芦乾兴不穷。谁与共，一带青山送。乘风列子④，列子乘风。

又

酒新笭⑤，一葫芦春醉海棠洲，一葫芦未饮香先透。俯仰糟丘⑥，傲人间万户侯⑦。重酾后，梦景皆虚谬。庄周化蝶，蝶化庄周。

【注释】

①卢挚【双调·殿前欢】共十首，表现的都是避世退隐的情怀，此选其中两首。【殿前欢】末两句一般对仗或回文，为本曲特有的标志。

②葫芦：形似葫芦的酒器。春色："洞庭春色"的缩语，酒名。苏轼《洞庭春色赋序》："安定郡王以黄柑酿酒，名之曰洞庭春色。"山翁：指晋代的山简。他镇守襄顿时经常在外饮酒，且常酩酊大醉。李白《襄阳歌》："旁人借问笑何事，笑杀山翁醉似泥。"这里作者以山简自比。

③奚（xī）童：小仆人。按，"奚"为古代奴隶的一种称呼。

④列子：名御寇，战国时人。好道术，据说能乘风而行。《庄子·逍遥游》："夫列子御风而行，泠然善也。"此处用列子乘风的典故说自己怡然自得，飘然若仙。

⑤笭（chōu）：用篾编成的滤酒器具。"酒新笭"指酒刚刚酿成。

⑥糟丘：酒糟堆成的小丘。

⑦"傲人间"句：傲视人间的权贵。万户侯，本指食

邑万户人家的侯爵，后指代富家贵族。

【双调·蟾宫曲】①

想人生七十犹稀②，百岁光阴，先过了三十③。七十年间，十岁顽童，十载尪羸④。五十岁除分昼黑，刚分得一半儿白日。风雨相催，兔走乌飞⑤。仔细沉吟，都不如快活了便宜。

【注释】

①此曲表现的恬淡自适思想在元曲中很常见，唯以加减法计算日月匆逝、华年不再，在元曲中可谓独见，亦可见曲家造意之工巧，颇富谐趣。

②"想人生"句：这是化用杜甫《曲江》诗"酒债寻常行处有，人生七十古来稀"的句意。

③过了：去了，除了。此句是说人生百年光阴，实际上活到七十岁的很少，所以说是一百岁先去了三十岁。

④尪（wāng）：跛。羸（léi）：瘦弱。

⑤兔走乌飞：古代神话传说中，言月中有兔，日中有三足乌，故以"兔走乌飞"比喻日月的运行。

【双调·蟾宫曲】
丽华①

叹南朝六代倾危②，结绮临春③，今已成灰。惟有台城④，挂残阳水绕山围⑤。胭脂井金陵草萋⑥，后庭空玉树花飞⑦。燕舞莺啼，王谢堂前⑧，待得春归。

【注释】

①曲中亦有咏史一类，卢挚这首咏史之曲，其境界可与咏史之诗词比肩。丽华：张丽华，南朝陈后主的宠妃。后主建筑临春、结绮、望仙三阁，自居临春，使她住在结绮，游宴无度。隋军破建康，她跟随后主逃匿井中，被杀。

②南朝六代：指三国时的吴、东晋及南朝的宋、齐、梁、陈，它们都以建康（今江苏南京）为都城，历史上合称为"六朝"。

③结绮、临春：指陈后主、张丽华所居住的宫名。

④台城：六朝君主居住的地方，故址在今南京鸡鸣山北。

⑤水绕山围：这里暗用刘禹锡《石头城》的诗句"山围故国周遭在，潮打空城寂寞回"。

⑥胭脂井：又名"辱井"，即陈朝景阳宫内的景阳井。陈后主和妃子张丽华曾躲入井内，后人因称它为"胭脂井"。金陵：南京的别称。

⑦后庭：指陈后主所作《玉树后庭花》曲，其词哀怨靡丽，被称为亡国之音。杜牧《泊秦淮》："商女不知亡国恨，隔江犹唱后庭花。"

⑧"燕舞"二句：暗用刘禹锡《乌衣巷》诗句"旧时王谢堂前燕，飞入寻常百姓家"。王、谢，是东晋时居住南京城中的最大的两家豪门世族。

【双调·蟾宫曲】①

沙三伴哥来嗏②，两腿青泥，只为捞虾。太公庄上，杨柳阴中，磕破西瓜③。小二哥昔涎剌塔④，碌轴上淹着个琵琶⑤。看荞麦开花，绿豆生芽。无是无非，快活煞庄稼。

【注释】

①卢挚这首【蟾宫曲】从题材来说，可归为田园一类，与一般田园诗相较，或有雅、俗之别，然而又非一味的"俗"，盖元曲中常见的所谓"化俗为雅"者。

②沙三伴哥：元曲中常用的村农名字。嗏：语尾助词，同"者"字用法相近。

③磕破：撞破，砸开。本曲上三句与下三句倒装。应是杨柳阴中砸开西瓜，沙三伴哥听到叫唤，匆忙赶来。

④昔涎剌塔：形容垂涎的样子。此句是说小二哥因吃不到西瓜，故而垂涎三尺。剌塔，肮脏。

⑤碌轴：农家使用的用来滚碾用的农具。此句是说小二哥斜躺在碌轴上，样如琵琶。

珠帘秀

　　珠帘秀，姓朱，排行第四，人称"朱四姐"。元代著名歌伎。珠帘秀主要活动在至元、大德年间（1264—1307）。早年在大都，后下江淮间。与当时著名曲家胡祗遹、卢挚、冯子振、关汉卿等都有往来。

【双调·寿阳曲】
答卢疏斋①

山无数，烟万缕，憔悴煞玉堂人物②。倚篷窗一身儿活受苦③，恨不得随大江东去④。

【注释】

①卢挚有【双调·寿阳曲】"别珠帘秀"（见前），此为珠帘秀的酬答之曲。本属当场游戏，但亦颇切情动人。

②玉堂人物：指卢疏斋。宋以后翰林院称为"玉堂"。这时卢挚官翰林，故曰"玉堂人物"。

③倚篷窗：是指依着船窗（想念情人）。

④大江东去：借用苏轼《念奴娇·赤壁怀古》成句，从字面意是说自家痛苦不堪，欲纵身东流之水以解脱，实则颇富戏谑。

姚燧

姚燧（1238—1313），字端甫，号牧庵，洛阳（今属河南）人。三岁丧父，为伯父姚枢所抚养。及长，为国子祭酒许衡赏识。三十八岁时为秦王府文学，旋授奉议大夫，兼提举陕西、四川、中兴等路学校，除陕西汉中道提刑按察副使。入为翰林直学士。大德五年（1301），出为江苏廉访使，后拜江西行省参知政事。至大元年（1308），征为太子宾客，进承旨学士，寻拜太子少傅。次年，授荣禄大夫、翰林学士承旨知制诰兼修国史。时共推为名儒，文章宗师，世人比之唐之韩昌黎、宋之欧阳修。曾主持修撰《世祖实录》，有《牧庵文集》五十卷。现存小令二十九首，套数一篇。

【中吕·满庭芳】①

天风海涛，昔人曾此，酒圣诗豪②。我到此闲登眺，日远天高③。山接水茫茫渺渺④，水连天隐隐迢迢⑤。供吟笑。功名事了，不待老僧招⑥。

【注释】

①此曲所表现的隐逸情怀亦为元曲中所常见，唯其刚劲宏肆、境界不凡，为元曲中所鲜见。曲至于此，其境界已迫近于诗。

②酒圣：酒中的圣贤。此指刘伶之属，伶字伯伦，"竹林七贤"之一。性嗜酒，曾作《酒德颂》，蔑视礼教。诗豪：诗中的英豪。《新唐书·刘禹锡传》："（禹锡）素善诗，晚节尤精。与白居易酬复颇多，居易以诗名者，尝推为诗豪。"辛弃疾【念奴娇】（双陆和陈和仁韵）："少年横槊，气凭陵、酒圣诗豪馀事。"

③日远天高：双关语，既是写登临所见，又是写仕途难通。

④茫茫渺渺：形容山水相连、辽阔无边的样子。

⑤隐隐迢迢：形容水天相接，看不清晰、望不到边的样子。杜牧《寄扬州韩绰判官》："青山隐隐水迢迢，秋尽江南草未凋。"

⑥不待：不用。

【中吕·阳春曲】①

笔头风月时时过②，眼底儿曹渐渐多③。有人问我事如何。人海阔④，无日不风波⑤。

【中吕·醉高歌】
感怀①

十年燕月歌声②，几点吴霜鬓影③。西风吹起鲈
鱼兴④，已在桑榆暮景⑤。

又

十年书剑长吁⑥，一曲琵琶暗许⑦。月明江上别
溢浦⑧，愁听兰舟夜雨。

现的都是其人生感喟。

②"十年燕月"句：这是作者对自己大半生宦场生涯的概括。"燕月歌声"指在大都（今北京）任翰林学士期间一段清闲高雅的生活（北京为古燕国地）。

③吴霜鬓影：指出任江东（今江苏一带，为古吴国地）廉访使的一段生活。此时作者已渐近晚年，所以他说自己的双鬓已渐渐被吴霜染白了。

④"西风吹起"句：意谓自己已有弃官还乡的想法。晋代吴地人张翰到洛阳做官，有一天刮起了秋风，他忽然想起了菰菜、莼羹、鲈鱼脍等家乡风味的饭食，于是立即备车回家（见《晋书·张翰传》）。

⑤桑榆暮景：落日馀辉返照在桑榆树梢上，比喻人生晚年。

⑥"十年书剑"句：想起十年来的宦游生活，不禁感慨万端。书剑，携书带剑，指在外宦游。长吁，长叹。

⑦"一曲琵琶"句：白居易夜闻琵琶女演奏后，写《琵琶行》相赠，末有"同是天涯沦落人，相逢何必曾相识"之句。许，称许，称赞。

⑧湓（pén）浦：在今江西九江西湓水入长江处，白居易《琵琶行》诗序中称为"湓浦口"。

陈草庵

陈草庵（1245—1320），字彦卿，号草庵，大都（今北京）人。生平事迹不详。钟嗣成《录鬼簿》列为"前辈已死名公，有乐府行于世者"，说其曾为中丞。孙楷第《元曲家考略》谓其名英，大德七年（1303）三月曾奉使宣抚江西、福建，延祐初以左丞往河南经理钱粮，寻拜为河南行省左丞。今存其小令二十六首。

【中吕·山坡羊】

叹世^①

晨鸡初叫，昏鸦争噪，那个不去红尘闹^②。路遥遥，水迢迢，功名尽在长安道，今日少年明日老。山，依旧好；人，憔悴了！

又

江山如画，茅檐低凹。妻蚕女织儿耕稼。务桑麻，捕鱼虾，渔樵见了无别话。三国鼎分牛继马^③。兴，也任他；亡，也任他。

【注释】

①陈草庵所作【中吕·山坡羊】以"叹世"为题，凡二十六首，皆愤世疾俗之作，今选其中两首。

②"晨鸡初叫"三句：以"昏鸦争噪"喻人世间的名利纷争，极其热闹。

③"三国鼎分"句：三国鼎分，指东汉王朝覆灭后出现魏、蜀、吴三国分立的局面。牛继马，指司马氏建立的西晋王朝覆灭后，在南方建立东晋王朝的元帝是他母亲私通牛姓小吏而生（见《晋书·元帝纪》）。

奥敦周卿

奥敦周卿，姓奥敦（汉译又作"奥屯"），名希鲁，字周卿，号竹庵。元初人。至元六年（1269）曾为怀孟路（今河南境内）总管府判官，后历官河北、河南道提刑按察司事，江西、江东宪使、澧州路总管，至侍御史。今存小令两首，套数一篇。

【双调·蟾宫曲】①

西湖烟水茫茫，百顷风潭，十里荷香②。宜雨宜晴，宜西施淡抹浓妆③。尾尾相衔画舫④，尽欢声无日不笙簧⑤。春暖花香，岁稔时康⑥。真乃上有天堂，下有苏杭。

【注释】

①元灭南宋后，杭州成为许多蒙古贵族的天堂，他们日日在西湖游嬉，俨然以主人自居。奥敦周卿的这首【蟾宫曲】即反映了这一历史事实。

②十里荷香：此化用柳永【望海潮】词："重湖叠巘清嘉，有三秋桂子，十里荷花。羌管弄晴，菱歌泛夜，嬉嬉钓叟莲娃。"

③"宜雨宜晴"两句：此化用苏轼《饮湖上初晴后雨》诗："水光潋滟晴方好，山色空濛雨亦奇。欲把西湖比西子，淡妆浓抹总相宜。"

④"尾尾"句：意谓画船很多，连绵不断。

⑤笙簧：这里指代各种歌吹之声。

⑥岁稔（rěn）时康：年成丰收，天下太平。稔，庄稼成熟。

关汉卿

关汉卿，晚号己斋叟，大都（今北京）人，一说祁州（今河北安国）人。生卒年不详。约生于元太宗（窝阔台）在位时代（1229—1241），卒于元成宗（铁穆耳）大德年间（1297—1307）。钟嗣成《录鬼簿》说他曾做过"太医院尹"。《析津志》说其"生而倜傥，博学能文，滑稽多智，蕴藉风流，为一时之冠"。臧懋循《元曲选序》说其"躬践排场，面覆粉墨，以为我家生活，偶倡优而不辞"。关汉卿与马致远、白朴、郑光祖并称"元曲四大家"。作杂剧六十馀种，现存十六种，著名者如《单刀会》、《窦娥冤》等。现存小令五十八首，套数十一篇。近人王国维甚为推崇，王国维《宋元戏曲史》谓："关汉卿一空倚傍，自铸伟词，而其言曲尽人情，字字本色，故当为元人第一。"

【双调·大德歌】

夏①

俏冤家②，在天涯，偏那里绿杨堪系马③。困坐南窗下，数对清风想念他④。蛾眉淡了教谁画⑤，瘦岩岩羞带石榴花⑥。

秋

风飘飘，雨潇潇，便做陈抟睡不着⑦。懊恼伤怀抱，扑簌簌泪点抛⑧。秋蝉儿噪罢寒蛩儿叫⑨，淅零零细雨打芭蕉⑩。

【注释】

①关汉卿尝以【双调·大德歌】分咏春、夏、秋、冬四季，皆以男女情事为题，尖新俏丽，此选咏夏、秋两篇。

②俏冤家：对所爱之人的亲昵称呼。

③"偏那"句：偏偏只有那里留得住。张耒【风流子】："遇有系马，垂杨影下。"

④数对：屡次对着，频频地对着。

⑤蛾眉：指女子弯弯的长眉毛。此处暗用汉张敞画眉典故。

⑥瘦岩岩：瘦削的样子。石榴花：泛指红色的花。苏轼【贺新郎】"石榴半吐红巾蹙"，则借作石榴花了。

⑦陈抟（tuán）：字图南，自号扶摇子。五代末、北宋初的著名道士。曾修道于华山，赵匡胤征辟不

就，据说常酣睡百日不醒。此处乃借陈抟之能睡反
衬女子之难以入眠。

⑧扑簌簌：眼泪直流的样子。

⑨秋蝉、寒蛩（qióng）：秋天里容易唤起人们愁思的
两种昆虫，诗人们往往用它们来形容和点染离人的
秋思。蝉，又名"知了"。寒蛩，即蟋蟀。

⑩"淅零零"句：形容细雨濛濛。细雨打芭蕉，出自
李煜【长相思】："秋风多，雨相和，帘外芭蕉三两
窠。夜长人奈何。"

【双调·大德歌】
双渐苏卿^①

绿杨堤，画船儿，正撞着一帆风赶上来。冯魁
吃的醺醺醉，怎想着金山寺壁上诗？醒来不见多姝
丽^②，冷清清空载明月归。

又

郑元和，受寂寞，道是你无钱怎奈何。哥哥家
缘破，谁着你摇铜铃唱挽歌^③。因打亚仙门前过^④，
恰便是司马泪痕多。

【注释】

①双渐、苏卿故事宋元间流传甚广，略云：庐州妓女
苏小卿与书生双渐交昵，情好甚笃。双渐出外，久
之不归，其母暗与茶商冯魁定计，将苏小卿卖与冯
魁。苏小卿趁茶船过金山寺时，题诗于壁以示双

渐。双渐追赶至豫章城（今江西南昌），四处寻访，
后来船至金山寺，见苏小卿在寺壁留下的诗句，赶
到临安（今浙江杭州），终于团聚。此曲即以此佳
话为题，颇富谐趣。

②多姝丽：美女。此指苏小卿。

③唱挽歌：是说郑元和钱物嫖尽后，以唱挽歌为生。

④"因打亚仙"句：是说李亚仙发现在风雪中遭饥寒
的郑元和事。

【中吕·普天乐】崔张十六事
张生赴选①

碧云天，黄花地，西风紧，北雁南飞②。恨相
见难，又早别离易，久已后虽然成佳配，奈时间怎
不悲啼③。我则厮守得一时半刻，早松了金钏，减
了香肌。

封书退贼

不念《法华经》④，不理梁皇忏⑤，贼人来至，
情理何堪。法聪待向前，遍把贼来探。险些把佳人
遭坑陷。消不得小书生一纸书缄，杜将军风威勇
敢⑥，张秀才能书妙染，孙飞虎好是羞惭。

【注释】

①《西厢记》作者旧有王作、关续说（王实甫首创、
关汉卿续作）。对照关汉卿【中吕·普天乐】"崔张
十六事"可知，关词与《西厢记》词确有干系。如

"张生赴选"即王实甫《西厢记》"长亭送别"相近。《西厢记》【端正好】曲:"碧云天,黄花地,西风紧。北雁南飞。晓来谁染霜林醉?总是离人泪。"【滚绣球】曲:"恨相见得迟,怨归去得疾……听得道一声去也,松了金钏;遥望见十里长亭,减了玉肌!"

②"碧云天"四句:以深秋景致衬托别离情绪,有声有色。黄花,菊花。西风,秋风。

③奈:犹言怎耐。

④《法华经》:著名的佛经之一。

⑤梁皇:南朝梁武帝信佛,故云。

⑥杜将军:指来解围的白马将军杜確。

【双调·沉醉东风】①

咫尺的天南地北②,霎时间月缺花飞③。手执着饯行杯,眼阁着别离泪④。刚道得声保重将息⑤,痛煞煞教人舍不得⑥。好去者前程万里⑦。

又

忧则忧鸾孤凤单⑧,愁则愁月缺花残,为则为俏冤家,害则害谁曾惯⑨,瘦则瘦不似今番,恨则恨孤帏绣衾寒⑩,怕则怕黄昏到晚⑪。

【注释】

①【双调·沉醉东风】原四曲,今选其中两曲。别离、相思皆词、曲共有之题材,词多情深而婉转,曲则率直而淋漓,此二曲亦可见元曲风味。

②咫尺：周制八寸。此言距离之近。

③霎时间：一会儿。此言时间迅即。黄庭坚【滚绣球】："霎时间，雨散云归，无处追寻。"月缺花飞：古人常以"花好月圆"喻男女美满相聚，此则以"月缺花飞"喻别离之痛。

④阁着：噙着，含着。

⑤将息：调养，休息。李清照【声声慢】："乍暖还寒时候，最难将息。"

⑥痛煞煞：痛苦状。亦作"痛设设"。

⑦好去者：安慰行者的套语，犹言"走好着"。马致远【耍孩儿】"借马"套："道一声好去，早两泪双垂。"

⑧忧则忧：担忧的是。则，犹现代汉语中的"只"，元曲中多见。鸾凤：旧时用来比喻夫妇。卢储《催妆》诗："今日幸为秦晋会，早教鸾凤下妆楼。"

⑨害则害：言害相思病。

⑩孤帏绣衾：孤单的罗帐，绣花的被子。

⑪怕则怕黄昏到晚：此句从李清照词化出。李清照【声声慢】云："守着窗儿，独自怎生得黑。梧桐更兼细雨，到黄昏点点滴滴。这次第，怎一个愁字了得。"

【南吕·四块玉】
闲适①

旧酒投，新醅泼②，老瓦盆边笑呵呵③。共山僧野叟闲吟和。他出一个鸡，我出一个鹅，闲快活。

又

南亩耕④，东山卧⑤，世态人情经历多。闲将往事思量过。贤的是他，愚的是我，争甚么⑥！

【注释】

①关汉卿【南吕·四块玉】以"闲适"为题者凡四首，今选其中两首，皆以鄙弃功名、隐居乐道为主骨。此亦为元散曲常见之主题，唯颇动人。

②新醅（pēi）：新酒。醅，没有过滤的酒。泼：倾倒。此言斟酒。

③老瓦盆：粗陋的盛酒器。杜甫《少年行》："莫笑田家老瓦盆，自从盛酒长儿孙。"

④南亩耕：此用汉末诸葛亮躬耕南阳的典故。

⑤东山卧：此用东晋谢安隐居东山（今浙江上虞西南）的典故。

⑥"贤的是他"三句：正言反说，实颇多愤慨。

【双调·碧玉箫】①

怕见春归，枝上柳绵飞②。静掩香闺，帘外晓莺啼③。恨天涯锦字稀④，梦才郎翠被知。宽尽衣⑤，一搦腰肢细⑥；痴，暗暗的添憔悴。

又

秋景堪题⑦，红叶满山溪。松径偏宜⑧，黄菊绕东篱。正清樽斟泼醅⑨，有白衣劝酒杯⑩。官品极⑪，到底成何济⑫？归，学取他渊明醉。

【注释】

①关汉卿【碧玉箫】凡十首，或写闺怨，或写闲情，都俏丽可喜，今选其中两首。

②柳绵：柳絮，柳花。苏轼【蝶恋花】词："枝上柳绵吹又少，天涯何处无芳草！"

③帘外晓莺啼：金昌绪《春怨》："打起黄莺儿，莫教枝上啼。啼时惊妾梦，不得到辽西。"

④锦字：用锦织成的字。窦滔的妻子苏蕙曾织锦为回文寄给他，后因以指情书。

⑤宽尽衣：柳永【蝶恋花】："衣带渐宽终不悔，为伊消得人憔悴。"这是说因相思而消瘦。

⑥一搦（nuò）：一握，极言其腰肢之细小。

⑦堪题：值得写，值得描画。

⑧松径：指隐居的园圃。陶渊明《归去来辞》："三径就荒，松菊犹存。"

⑨泼醅：李白《襄阳歌》："遥看汉水鸭头绿，恰似葡萄初泼醅。"

⑩白衣劝酒：《南史·隐逸传》载："（陶渊明）尝九月九日无酒，出宅边菊丛中坐，久之。逢（江州刺史王）弘送酒至，即便就酌，醉而后归。"白衣，给官府当差的人。

⑪官品极：最高的官阶。

⑫成何济：有何益处。济，益处。

【仙吕·一半儿】①
题情

碧纱窗外静无人②,跪在床前心忙要亲③。骂了个负心回转身。虽是我话儿嗔④,一半儿推辞一半儿肯。

又

多情多绪小冤家,迤逗得人来憔悴煞⑤。说来的话先瞒过咱。怎知他,一半儿真实一半儿假。

【注释】

①【一半儿】曲最末一句需重复用"一半儿"三字,文辞上又恰成对照,故大都油然可喜,关汉卿这两首【一半儿】亦然。

②碧纱窗:用绿纱做的窗帘。

③亲:亲吻。

④嗔(chēn):生气。

⑤迤(tuó)逗:犹言引逗、撩拨。

庾天锡

　　庾天锡，字吉甫，大都（今北京）人。生卒年不详。曾任中书省掾，除员外郎、中山府判。钟嗣成《录鬼簿》将其列于"前辈已死名公才人，有所编传奇行于世者"之列。作杂剧《骂上元》、《霓裳怨》、《琵琶怨》等十五种，今皆不存。贯云石在《阳春白雪序》中把他和关汉卿并论，品评两人"造语妖娇，却如小女临怀，使人不忍对殢"。杨维桢在《周月湖今乐府序》中称："士大夫以今乐府鸣者，奇巧莫如关汉卿、庾吉甫、杨淡斋、卢疏斋。"可见庾天锡名重一时。其散曲今存小令七首，套数四篇。

【双调·蟾宫曲】①

环滁秀列诸峰②。山有名泉，泻出其中③。泉上危亭，僧仙好事，缔构成功④。四景朝暮不同，宴酣之乐无穷，酒饮千钟⑤。能醉能文，太守欧翁⑥。

又⑦

滕王高阁江干⑧。佩玉鸣鸾，歌舞阑珊⑨。画栋朱帘，朝云暮雨，南浦西山⑩。物换星移几番⑪，阁中帝子应笑，独倚危栏⑫。槛外长江，东注无还⑬。

【注释】

①庾天锡这首【蟾宫曲】乃隐括欧阳修《醉翁亭记》一文而成。

②"环滁"句：此句概括了《醉翁亭记》"环滁皆山也，其西南诸峰，林壑尤美，望之蔚然而深秀者，琅琊也"五句。滁，今安徽滁州。

③"山有"二句：此是"山行六七里渐闻水声潺潺，而泻出于两峰之间者，酿泉也"四句的概括。

④"泉上"三句：这是"峰回路转，有亭翼然，临于泉上者，醉翁亭也。作亭者谁，山之僧曰智仙也；名之者谁，太守自谓也"的概括。

⑤"四景"三句：这是"若夫日出而林霏开，云归而岩穴暝，晦明变化者，山间之朝暮也。野芳发而幽香，佳木秀而繁阴，风霜高洁，水落而石出者，山间之四时也。朝而往，暮而归，四时之景不同，而乐亦无穷也"一段的概括。

⑥"能醉"二句：这是"醉能同其乐，醒能述以文者，太守也。太守谓谁，庐陵欧阳修也"的语意。

⑦这支曲是概括王勃《滕王阁》诗的语意而成。王勃的诗抚今追昔，既有年华易逝、好景不常的感慨，又气势雄放、格调高昂，无纤巧淫靡气息。庾天锡将之改编为曲，且能存其风味，颇为不易。

⑧"滕王"句：这是在"滕王高阁临江渚"的原句上，略加删易而成的。

⑨"佩玉"二句：这是"佩玉鸣鸾罢歌舞"一语的改写。佩玉鸣鸾，都是歌伎衣物上的妆饰品。鸾，响铃。阑（lán）珊，是形容歌舞由盛况而入衰微。

⑩"画栋"三句：这是"画栋朝飞南浦云，朱帘暮卷西山雨"一联的概括。此写滕王去后滕王阁的冷落情况。画栋，涂有彩画的梁栋。

⑪"物换"句：这是"物换星移几度秋"的改写。物换，言景物在变化。星移，言星辰在运行。

⑫"阁中"二句：这是"阁中帝子今何在"句的转换。帝子，指滕王。危栏，高高的栏杆。

⑬"槛外"二句：这是"槛外长江空自流"一句的改写。槛，栏杆。长江，这里指赣江。东注，向东奔流。

【双调·雁儿落过得胜令】①

【雁儿落】春风桃李繁，夏浦荷莲间，秋霜黄菊残，冬雪白梅绽②。【得胜令】四季手轻翻，百岁指空弹。

谩说周秦汉，徒夸孔孟颜。人间，几度黄粱饭。狼山③，金杯休放闲。

【注释】

①此为带过曲，所谓"带过曲"即某支曲另连带一两支曲，如【脱布衫】带【小梁州】，【醉高歌】带【红绣鞋】，【骂玉郎】带【感皇恩】、【采茶歌】等，"带"也即是"过"。宋人词多包括上下两片（段），元曲小令多为单片（段），故带过曲略相当于两片（段）或三片（段）的词。

②"春风桃李繁"以下四句为连璧对，连璧对亦为元曲巧体之一，这种对仗法诗词中皆少见。

③狼山：又称"紫狼山"或"紫琅山"。在江苏南通东南，滨长江北岸，风光绮丽，名胜古迹甚多。

王德信

　　王德信，字实甫，以字行，大都（今北京）人。生卒年不详，约与关汉卿同时，钟嗣成《录鬼簿》将其列于"前辈已死名公才人，有所编传奇行于世者"之列，称"西厢记，天下夺魁"。主要创作活动大约在元成宗元贞、大德年间（1295—1307）。王实甫早年曾经为官，晚年弃官归隐，吟风弄月，优游诗酒。贾仲明吊词称其"作词章，风韵美，士林中，等辈伏低"。王实甫曾作杂剧十四种，今存《西厢记》、《破窑记》和《丽春园》等三种，其中《西厢记》最为著名。吴梅《中国戏曲概论》云："自实甫继（董）解元之后，创为研炼艳冶之词，而关汉卿以雄肆易其旗帜……东篱则以清俊开宗……自是三家鼎盛，矜式群英。"今存小令一首。

【中吕·十二月过尧民歌】
别情①

【十二月】自别后遥山隐隐,更那堪远水粼粼②。见杨柳飞绵滚滚,对桃花醉脸醺醺③。透内阁香风阵阵④,掩重门暮雨纷纷⑤。【尧民歌】怕黄昏忽地又黄昏⑥,不销魂怎地不销魂⑦。新啼痕压旧啼痕,断肠人忆断肠人。今春,香肌瘦几分,缕带宽三寸⑧。

【注释】

①此曲所用连环体,为元曲巧体之一,如"怕黄昏忽地又黄昏"、"断肠人忆断肠人"等,故能将别离之情尽情宣泄,与诗词写别情趣味迥别。

②粼粼(lín):形容水波清澈流动。

③醺醺:形容醉态。此句暗用崔护诗"去年今日此门中,人面桃花相映红"的语意。

④内阁:深闺,内室。

⑤重门:一重又一重的门,言富贵之家庭院之深。纷纷:形容雨之多。

⑥怕黄昏:因黄昏容易引起人们寂寞孤独之感。李清照《声声慢》:"梧桐更兼细雨,到黄昏点点滴滴。这次第,怎一个愁字了得。"

⑦销魂:因过度用情而呈现出来的痴呆之状。江淹《别赋》:"黯然销魂者,唯别而已矣。"

⑧"香肌"二句:形容为离愁而憔悴、消瘦。柳永【蝶恋花】:"衣带渐宽终不悔,为伊消得人憔悴。"

马致远

　　马致远（1250—1324），号东篱，大都（今北京）人。他少年时追求功名，未能得志。后曾出任浙江行省务提举官。晚年退出官场，隐居杭州郊外。他曾参加元贞（1295—1296）书会，与李时中、红字李二、花李郎等合写《黄粱梦》杂剧。明初贾仲明为他写的《凌波仙》吊词，说他是"曲状元"、"万花丛里马神仙"。元人称道士做神仙，他实际是当时在北方流行的全真教的信徒。《太和正音谱》将其列为元曲众家之首。作杂剧十五种，今存《汉宫秋》、《青衫泪》、《荐福碑》等七种，以《汉宫秋》最为著名。散曲小令一百一十五首，套数十七篇。王国维《宋元戏曲史》谓："白仁甫、马东篱，高华雄伟，情深文明……均不失为第一流。"

【南吕·金字经】①

夜来西风里，九天雕鹗飞②，困煞中原一布衣③。
悲，故人知未知，登楼意④，恨无上天梯⑤。

【注释】

①马致远【南吕·金字经】凡三首，今选其中之一，
主要表现作者志不获展的情怀。此曲可能为马致远
早期作品。

②九天：九重天，极言天高。李白《望庐山瀑布》：
"飞流直下三千尺，疑是银河落九天。"鹗（è）：一
种猛禽，通称"鱼鹰"。孔融《荐祢衡表》："鸷鸟
累百，不如一鹗。"后世因以推贤荐能为"鹗荐"，
这里作者乃以"雕鹗"自喻。

③中原：泛指黄河中、下游地区。布衣：指没有做官
的知识分子。诸葛亮《出师表》："臣本布衣，躬耕
于南阳。"

④登楼意：汉末王粲以西京丧乱，避难荆州，未能得
到刘表的赏识，于是作《登楼赋》，以抒发其慷慨
之情。

⑤天梯：登天的梯子，暗指为朝廷任用。范成大《莫
唐少梁晋仲兄墓下》诗："青云何处用丹梯。"

【越调·天净沙】
秋思①

枯藤老树昏鸦，小桥流水人家，古道西风瘦马②。

夕阳西下，断肠人在天涯③。

【注释】

①马致远【越调·天净沙】"秋思"被推为名曲，其写景状物、抒怀言志皆极高妙，文字简约而含蕴丰厚，信非虚誉。

②古道：古老的驿路。张炎【念奴娇】词："老柳官河，斜阳古道，风定波犹直。"

③断肠人：指漂泊天涯、百无聊赖的旅客。

【南吕·四块玉】
叹世①

两鬓皤②，中年过，图甚区区苦张罗③。人间宠辱都参破④。种春风二顷田，远红尘千丈波，倒大来闲快活⑤。

又

带月行，披星走，孤馆寒食故乡秋⑥。妻儿胖了咱消瘦。枕上忧⑦，马上愁⑧，死后休。

【注释】

①马致远【南吕·四块玉】以"叹世"为题者九首，皆表现避世全身的思想，但落笔各不相同，各具风致。

②两鬓皤（pó）：两边的鬓发已经白了。皤，形容白色。

③"图甚"句：贪图甚么小小的功名富贵，要去苦苦
地筹划呢！区区，极言其微小。柳永【满江红】：
"游宦区区成底事，平生况有云泉约。"

④参破：看破，参悟破。

⑤倒大：犹云绝大。来：语气词。

⑥孤馆寒食：孤独寂寞地在旅馆里度过寒食节。寒食，
节令的名称，在清明的前一天。

⑦枕上忧：梦中的忧虑。徐再思【满江红】："枕上十
年事，江南二老忧，都到心头。"

⑧马上愁：在路途奔波中所引起的愁思。

【双调·蟾宫曲】
叹世

咸阳百二山河①。两字功名，几阵干戈。项废
东吴②，刘兴西蜀③，梦说南柯④。韩信功兀的般证
果⑤，蒯通言那里是风魔⑥。成也萧何⑦，败也萧何，
醉了由他⑧。

【注释】

①咸阳：秦国的都城，在今陕西咸阳东北二十里。
百二山河：形容地势险要。《史记·高祖本纪》云：
"秦，形胜之国，带河山之险，县隔千里，持戟
百万，秦得百二焉。"

②项废东吴：项，项羽（前232—前202），名籍。秦
末兴兵，为领袖。灭秦后，自立为西楚霸王，王九

郡，都彭城（今江苏徐州，为古东吴之地）。后为刘邦击败，被困垓下（今安徽灵璧南），自刎乌江。故曰"项废东吴"。

③刘兴西蜀：刘，指刘邦（前256—前195），西汉王朝的创建者。曾经率领军队攻占咸阳，推翻秦的统治。秦亡后，项羽分封诸侯，不愿刘邦在关中立足，乃立他为汉王，"王巴蜀、汉中，都南郑"（见《史记·项羽本纪》），终于战胜项羽，统一天下。故云"刘兴西蜀"。

④梦说南柯：李公佐《南柯记》传奇说书生淳于棼梦至槐安国，国王妻以公主，任命他做南柯太守，享尽了荣华富贵，醒来才知道是一场大梦。这是感叹刘、项的兴废也不过一场幻梦罢了。

⑤韩信：汉初大将。在帮助刘邦建立汉政权的过程中立下了汗马功劳，但却被吕后杀害。兀的：这。也作"兀底"、"兀得"。证果：果报，结果。

⑥蒯（kuǎi）通：即蒯彻，汉初谋士，后世因避汉武帝刘彻名讳而改名。曾劝韩信背汉，"三分天下，鼎足而居"。韩信不听，乃佯狂为巫。事见《史记·淮阴侯列传》。元无名氏据此写了《隋何赚风魔蒯通》的杂剧，说隋何识破蒯通诈装风魔，赚来京城准备杀害，那蒯通历数韩信十大功劳，不当得此恶报，自己甘愿油烹火葬，和他生死相伴，终于得到刘邦的赦免。风魔：疯癫。

⑦萧何：汉初大臣。韩信微贱时，萧何曾经向刘邦推

荐韩信为大将，说韩信是"国士无双"。汉政权建立以后，又觉得韩信功业显赫，"军权太重"，他又向吕后献计除掉韩信。

⑧醉了由他：大醉不醒，哪管他成败是非。这是一种悲凉的嘲世和自嘲。他，元代读音与今有异，与河、戈等字同属歌戈韵。

【南吕·四块玉】
临邛市①

美貌娘，名家子②，自驾着个私奔车儿。汉相如便做文章士③，爱他那一操儿琴④，共他那两句儿诗⑤。也有改嫁时。

马嵬坡⑥

睡海棠⑦，春将晚，恨不得明皇掌中看。《霓裳》便是中原患⑧，不因这玉环，引起那禄山，怎知蜀道难。

【注释】

①这首【四块玉】以人们熟知的司马相如与卓文君的爱情故事为题。临邛（qióng）：今四川邛崃。西汉临邛富商卓王孙，有女文君，美貌多才，寡居在家。司马相如深相慕悦，趁在卓家宴饮，以琴心挑之，文君心动，夜奔相如。相如家贫，无以为生，乃于临邛开设酒肆，文君当垆卖酒，相如则同佣人一起劳作。按，西汉时人们在爱情婚姻方面的观念

本较宋元时更为开明，在"私奔"、"改嫁"一类事的看待上也与后世很不同。马致远此曲拿后世的标准取笑前代，故颇有滑稽趣味。

②名家子：名门之女，指卓文君。

③便做：仅仅是，不过是。

④一操儿：犹言一曲。琴曲名操。

⑤两句儿诗：指司马相如弹琴时曾吟诵《凤求凰》诗："凤兮凤兮归故乡，遨游四海求其凰。"

⑥"安史之乱"时，唐明皇避难西蜀，行至马嵬坡时，发生兵变，唐明皇万般无奈，赐杨贵妃自缢。此曲即以此为题，与前曲相似，也有几分诙谐的色彩。

⑦睡海棠：此以"睡海棠"比拟杨贵妃。

⑧《霓裳》：指《霓裳羽衣舞》，据说杨贵妃擅舞此曲。

【仙吕·青哥儿】

正月①

春城春宵无价，照星桥火树银花②。妙舞清歌最是他③，翡翠坡前那人家。鳌山下④。

五月

榴花葵花争笑，先生醉读《离骚》⑤。卧看风檐燕垒巢⑥，忽听得江津戏兰桡⑦。船儿闹。

九月

前年维舟寒濑⑧，对篷窗丛菊花开⑨。陈迹犹存戏马台⑩，说道丹阳寄奴来⑪。愁无奈。

十二月

隆冬严寒时节，岁功来待将迁谢⑫。爱惜梅花积下雪⑬。分付与东君略添些⑭。丰年也。

【注释】

①马致远曾以【青哥儿】分咏十二月，表现的都是闲适之情，此选其中四首。

②"照星桥"句：地上元宵佳节的灯火与天上的银河交相辉映。星桥，实即星河，也就是银河。火树银花，形容式样繁多、光华灿烂的灯火。

③最是他：以他为最，数他最好。

④鳌山：装饰成海龟负山形状的巨型灯火。

⑤《离骚》：战国末期伟大诗人屈原的长篇抒情诗。

⑥风檐：即屋檐。

⑦江津戏兰桡（ráo）：指江边渡口人们正在赛龙船。兰桡，本指兰木制成的船桨，此指华贵的船。桡，桨。

⑧维舟寒濑（lài）：把船停靠在秋天的江湾里。濑，本指激流，这里指水回旋处。

⑨篷窗：船篷上开的小窗。

⑩陈迹：古迹。戏马台：在今江苏铜山南。东晋义熙年间刘裕（后来的宋武帝）曾在这里大会宾客，饮酒赋诗。

⑪"说道"句：公元404年桓玄篡晋，刘裕由京口（今江苏镇江）起兵讨伐。京口与丹阳（今江苏南京）紧邻。"寄奴"是刘裕的小名。

⑫岁功：指一年的时序，即四季的轮换。来：语助词。
迁谢：到了尽头。

⑬"爱惜"句：古人认为用梅花上的积雪烹茶，茶味
最美，常常把它扫下贮存起来。

⑭"分付"句：祈求春神再多下点瑞雪。

【双调·寿阳曲】
远浦帆归①

夕阳下，酒旆闲②，两三航未曾着岸③。落花水
香茅舍晚，断桥头卖鱼人散。

潇湘雨夜

渔灯暗④，客梦回⑤，一声声滴人心碎⑥。孤舟
五更家万里，是离人几行清泪。

江天暮雪

天将暮，雪乱舞，半梅花半飘柳絮⑦。江上晚
来堪画处，钓鱼人一蓑归去⑧。

【注释】

①【寿阳曲】又名【落梅风】，总题为"潇湘八景"，
原八首，今选其中三首。

②酒旆（pèi）：旧时酒店中挂起来用以招客的旗子。

③航：渡船。

④渔灯：渔船上的灯火。诗词中往往用"渔火"，张继
《枫桥夜泊》诗有"月落乌啼霜满天，江枫渔火对
愁眠"。

⑤客梦回：游子的梦醒了。回，苏醒。

⑥“一声声”句：这是说雨声唤起离人的无穷烦恼。温庭筠【更漏子】：“梧桐树，三更雨，不道离情正苦。一叶叶，一声声，空阶滴到明。”

⑦“半梅花”句：这是以梅花和柳絮来形容白雪。东晋女诗人谢道韫与其季父谢安在家赏雪。谢安问“大雪纷纷何所似”，其兄谢朗说：“撒盐空中差可拟。”谢道韫说：“未若柳絮因风起。”故以“柳絮”喻雪。

⑧“钓鱼人”句：柳宗元《江雪》诗：“孤舟蓑笠翁，独钓寒江雪。”张志和《渔父》：“青箬笠，绿蓑衣，斜风细雨不须归。”本句合上述二句诗意而成。

白贲

　　白贲，字无咎，钱塘（今浙江杭州）人。生卒年不详。父白挺，长于诗文。早年随父居杭州、常州，后出仕，曾任忻县知州，至治间（1321—1323）曾任温州路平阳州教授，后为南安路总管府经历。善绘画。散曲存者甚少，仅小令二首，套数三篇。

【正宫·鹦鹉曲】①

侬家鹦鹉洲边住②，是个不识字渔父。浪花中一叶扁舟，睡煞江南烟雨。【幺】③觉来时满眼青山④，抖擞绿蓑归去。算从前错怨天公，甚也有安排我处⑤。

【注释】

①白贲此曲当时甚有名，和者甚多，故《阳春白雪》、《太平乐府》、《雍熙乐府》等曲选皆收录。【鹦鹉曲】又名【黑漆弩】、【学士吟】，自白无咎此曲一出，后人遂多称为【鹦鹉曲】。

②侬家：自称，我。鹦鹉洲：地名，在湖北汉阳西南长江中。

③幺："幺篇"之省。北曲一般只有一段，若后段即前段的重复（或略有变化），后篇即称"幺篇"（南曲一般称"前腔"）。

④觉来时：醒来时。

⑤甚：真。

【双调·百字折桂令】①

弊裘尘土压征鞍②，鞭倦袅芦花。弓箭萧萧，一径入烟霞③。动羁怀④：西风禾黍，秋水蒹葭⑤。千点万点，老树寒鸦。三行两行，写长空哑哑⑥，雁落平沙。曲岸西边，近水涡⑦，鱼网纶竿钓艖⑧。断桥东边，傍西山，竹篱茅舍人家。见满山满谷，红叶黄花。正是伤感凄凉时候，离人又在天涯。

【注释】

①羁旅愁怀为诗词家之熟题，而此篇借曲之铺排笔法，于诗词之外另造一种风致。用笔清丽，音调协婉，句法多变，抒情淋漓尽致。

②弊裘尘土压征鞍：写马上游子穿着破裘，满身尘土，连马鞭都懒举了。

③一径：一直。

④羁怀：游子的情怀。

⑤蒹葭（jiānjiā）：芦苇。

⑥写长空：指雁飞空中，像在写字，故说"写长空"。

⑦水涡：水流旋转处。

⑧纶竿：钓鱼竿。钓艖（chā）：钓鱼的小船。

鲜于必仁

鲜于必仁，字去矜，号苦斋，渔阳郡（今属北京）人。生平不详。太常寺典簿鲜于枢之子，以乐府擅长。与著名曲家海盐杨梓之二子国材、少中交善。现存小令二十九首。

【双调·折桂令】
芦沟晓月①

出都门鞭影摇红。山色空濛，林景玲珑，桥俯危波，车通运塞，栏倚长空。起宿霭千寻卧龙，掣流云万丈垂虹②。路杳疏钟，似蚁行人，如步蟾宫③。

西山晴雪④

玉嵯峨高耸神京⑤。峭壁排银，叠石飞琼，地展雄藩⑥，天开图画，户判围屏。分曙色流云有影，冻晴光老树无声。醉眼空惊，樵子归来，蓑笠青青。

【注释】

① 鲜于必仁曾写【双调·折桂令】八首，总题为"燕山八景"。这些写景曲大都写得大气磅礴，为曲中所鲜见，今选其二。芦沟晓月：元代燕山（今北京地区）八景之一，地点在今北京西南芦沟桥，桥为金大定（1161—1189）时所建，跨永定河上。

② "起宿霭（ǎi）"两句：形容芦沟桥姿态的雄伟美丽。霭，云气。寻，古代的长度单位，八尺为寻。

③ 蟾宫：月宫。俗传月中有蟾蜍，故称月为"蟾宫"。"如步蟾宫"是说人在桥上走，如在月宫行。

④ 西山晴雪：元代燕山八景之一。西山在今北京西北。

⑤ 嵯（cuó）峨：山势高峻貌。

⑥ 地展雄藩：意指西山为北京屏障。雄藩，雄伟的屏藩。

张养浩

　　张养浩（1270—1329），字希孟，号云庄，济南（今属山东）人。自幼聪慧，博通经史，被荐为东平学正。后游京师，不忽木荐为御史台掾，复授堂邑县尹。在官十年，颇有政绩。武宗朝，入拜监察御史，奏时政万言，得罪权贵。延祐初，以礼部侍郎知贡举，升礼部尚书。英宗至治初，参议中枢省事，以直谏触怒英宗，弃官归家。文宗天历二年（1329），因关中大旱，复出治旱救灾，特拜陕西行台中丞，到官四月，劳瘁而死。追封滨国公，谥文忠。诗文集有《归田类稿》，散曲集有《云庄休居自适小乐府》，多为归隐后寄傲林泉时所作。艾俊《云庄乐府引》云其词"情由外感，乐自中出。言真理到，和而不流，依腔按歌，使人名利之心都尽"。间亦有关怀民瘼之作。今存小令一百六十一首，套数二篇。

【中吕·山坡羊】
潼关怀古①

峰峦如聚②，波涛如怒，山河表里潼关路③。望西都④，意踟蹰⑤。伤心秦汉经行处⑥，宫阙万间都做了土⑦。兴，百姓苦；亡，百姓苦。

骊山怀古

骊山四顾⑧，阿房一炬⑨，当时奢侈今何处。只见草萧疏，水萦纡⑩。至今遗恨迷烟树，列国周齐秦汉楚⑪。赢，都变做了土；输，都变做了土。

【注释】

①张养浩以【中吕·山坡羊】写了一组怀古之作，气势雄浑，感慨深切，此处选其中两首。

②峰峦如聚：言重岩迭嶂，群山攒立。

③潼关：在今陕西潼关北，历代皆为军事要地。潼关外有黄河，内有华山，形势十分险要，故云"山河表里"。

④西都：指长安（今陕西西安）。

⑤意踟蹰（chíchú）：原指犹豫不决，徘徊不前，这里指思潮不断，感慨万千。

⑥"伤心"句：言经过秦、汉的故地，引起无穷的伤感。

⑦"宫阙（què）"句：言在无数的战乱中，宫殿都已经化成焦土。宫，宫殿。阙，王宫前的望楼。

⑧骊山：在今陕西临潼东南，是秦国经营宫殿的重点。杜牧《阿房宫赋》："骊山北构而西折，直走咸阳。"

顾：看。

⑨阿房：秦宫殿名。《三辅黄图》："阿房宫，亦曰阿城。惠文王造宫未成而亡，始皇广其宫，规恢三百余里。离宫别馆，弥山跨谷，辇道相属，阁道通骊山八十余里。"后来项羽引兵西屠咸阳，"烧秦宫室，火三月不灭"（见《史记·项羽本纪》）。故曰："阿房一炬。"

⑩萦纡（yū）：形容水盘旋迂回地流淌。

⑪列国：各国，即周、齐、秦、汉、楚等国。周都镐京，故址在今陕西西安西。齐、秦争霸，楚、汉相争，均发生在这个地区。

【正宫·塞鸿秋】①

春来时香雪梨花会，夏来时云锦荷花会，秋来时霜露黄花会②，冬来时风月梅花会。春夏与秋冬，四季皆佳会。主人此意谁能会。

【注释】

①此曲所用独木桥体（句末皆用相同的"会"字），为元曲巧体之一。

②黄花：菊花。

【双调·沉醉东风】①

班定远飘零玉关②，楚灵均憔悴江干③。李斯有黄犬悲④，陆机有华亭叹⑤。张柬之老来遭难⑥，把个苏子瞻长流了四五番⑦，因此上功名意懒。

<h2 align="center">又</h2>

昨日颜如渥丹⑧，今朝鬓发斑斑。恰才桃李春，又早桑榆晚⑨。断送了古人何限，只为天地无情乐事悭⑩，因此上功名意懒。

【注释】

①张养浩【双调·沉醉东风】原有七曲，皆借古讽今，寄寓深长，此选其中之二。

②"班定远"句：班定远，即班超。班超以战功封定远侯，年老思乡，因上疏请求调回关内说："臣不敢望到酒泉郡，但愿生入玉门关。"（见《后汉书·班超传》）

③"楚灵均"句：屈原，楚国人，字灵均，故称"楚灵均"。《楚辞·渔父》云："屈原既放，游于江潭，行吟泽畔，颜色憔悴，形容枯槁。"

④"李斯"句：李斯，秦国的丞相，他在秦嬴政统一六国过程中起过重要作用，后与其子一起被秦二世腰斩于咸阳市。临刑时，他回头对其子说："吾欲与若复牵黄犬，俱出上蔡东门逐狡兔，岂可得乎？"（见《史记·李斯列传》）

⑤"陆机"句：陆机，字士衡，西晋著名文学家，有《文赋》等传世。后遭谗，为司马颖所杀。临刑，叹曰："华亭鹤唳，岂可复闻乎？"（见《晋书·陆机传》）

⑥"张柬之"句：张柬之（625—706），字孟将，襄阳

（今属湖北）人。中进士后，累迁至监察御史，武周后期，曾任宰相。后被武三思所排挤，贬为新州司马，愤恨而死。

⑦ "把个"句：苏子瞻，即苏轼，北宋大文学家、大书画家。在政治上偏于保守，反对王安石变法。神宗时，被贬为黄州（今湖北黄冈）团练副使。哲宗时，新党再度执政，又被谪贬到惠州（今广东惠阳），六十三岁时被远徙琼州（今海南岛）。赦还的第二年，死于常州（今属江苏）。

⑧ 渥（wò）丹：涂上红的颜色，形容红润而有光泽。《诗经·秦风·终南》："颜如渥丹。"

⑨ 又早桑榆晚：又已到了晚年。《后汉书·冯异传》："失之东隅，收之桑榆。"东隅，指日出的地方。桑榆，本指日落的地方，后因以"桑榆"喻人的晚年。

⑩ 悭（qiān）：吝啬，悭吝。

【双调·折桂令】
过金山寺①

长江浩浩西来，水面云山，山上楼台。山水相连，楼台相对，天与安排②。诗句成风烟动色，酒杯倾天地忘怀。醉眼睁开，遥望蓬莱③，一半儿云遮，一半儿烟霭④。

中秋

一轮飞镜谁磨，照彻乾坤，印透山河。玉露泠泠⑤，洗秋空银汉无波⑥，比常夜清光更多⑦，尽无

碍桂影婆娑⑧。老子高歌，为问嫦娥⑨，良夜恹恹⑩，
不醉如何。

【注释】

①张养浩【双调·折桂令】八首皆为退隐后所作，虽
　话题不一，而旨趣略同，此选其中之二。

②天与安排：上天给与安排。与，给，替。

③蓬莱：《汉书·郊祀志》云："自威宣、燕昭使人入
　海求蓬莱、方丈、瀛洲，此三神山者，其传在渤海
　中。"后因以泛指想象中的仙境。

④烟霾（mái）：因空气中悬浮烟、尘等物而形成的混
　浊不清现象。

⑤玉露泠泠（líng）：洁白的露珠显得格外清凉。玉
　露，形容露珠之澄澈透明。秦观《鹊桥仙》："金风
　玉露一相逢，便胜却人间无数。"泠泠，形容清凉。

⑥银汉：即银河。苏轼【阳关曲】："暮云收尽溢清寒，
　银汉无声转玉盘。"

⑦"比常夜"句：言中秋之月比平常更明亮。此处化
　用辛弃疾【太常引】词"斫去桂婆娑，人道是清光
　更多"的语意。

⑧桂：指传说中月中的桂树。婆娑：枝叶盘旋貌。

⑨嫦娥：传说中月宫里的仙女。《淮南子》说，后羿从
　西王母那里得到不死之药，嫦娥偷吃以后，飞升至
　月宫。

⑩恹恹（yān）：精神不振貌。

郑光祖

　　郑光祖，字德辉，平阳襄陵（今山西临汾附近）人。生卒年不详。是元杂剧中后期的重要作家，元曲四大家之一。曾任杭州路吏，卒葬西湖灵芝寺。《录鬼簿》说他曾"以儒补杭州路吏，为人方直，不妄与人交。名闻天下，声彻闺阁，伶伦辈称郑老先生者，皆知为德辉也"。他写过杂剧十八种，今存《迷青琐倩女离魂》、《伲梅香翰林风月》、《醉思乡王粲登楼》等八种。小令六首，套数两篇。

【双调·蟾宫曲】
梦中作①

半窗幽梦微茫，歌罢钱塘②，赋罢高唐③。风入罗帏，爽入疏棂④，月照纱窗。缥缈见梨花淡妆⑤，依稀闻兰麝馀香⑥，唤起思量。待不思量，怎不思量。

【注释】

①郑光祖这首【蟾宫曲】，一写梦中幽会，极恍惚迷离、缠绵悱恻之致。

②歌罢钱塘：宋何薳《春渚纪闻》"司马才仲遇苏小"条载："宋代司马才仲初在洛阳，昼寝，梦一美人牵帷而歌曰：'妾本钱塘江上住，花落花开，不管流年度。燕子衔将春色去，纱窗几阵黄梅雨。'"后司马才仲以东坡先生荐应制举中等，遂为钱塘幕官，其厩舍后即唐苏小小墓。

③赋罢高唐：宋玉有《高唐赋》写楚襄王梦游高唐，与神女欢会事。

④棂：即窗格。

⑤"缥缈（piāomiǎo）"句：化用白居易《长恨歌》诗："玉容寂寞泪阑干，梨花一枝春带雨。"这里以"梨花"形容妇女的淡妆。缥缈，隐约。

⑥"依稀"句：化用五代后蜀阁选《贺新郎》"兰麝细香闻喘息，绮罗纤缕见肌肤"句。

【正宫·塞鸿秋】①

门前五柳侵江路②，庄儿紧依白蘋渡③。除彭泽县令无心做④，渊明老子达时务。频将浊酒沽，识破兴亡数⑤，醉时节笑撚着黄花去⑥。

又

金谷园那得三生富⑦，铁门限枉作千年妒⑧。汨罗江空把三闾污⑨，北邙山谁是千钟禄⑩。想应陶令杯⑪，不到刘伶墓⑫，怎相逢不饮空归去。

【注释】

①郑光祖这两首【塞鸿秋】表现的也是元曲中常见的全身远祸的思想，唯其造语、意象都别具匠心。

②五柳：陶渊明曾著《五柳先生传》以自况，后因以"门前五柳"喻隐逸之士的住所。

③白蘋渡：长满白蘋的渡口，往往也是写高人逸士的去所。

④"除彭泽县令"句：陶渊明曾做了八十多天的彭泽令，因不为五斗米折腰，挂冠回乡。除，任命。

⑤识破兴亡数：看透了兴亡的命运。数，命运。

⑥"醉时"句：陶渊明生性嗜好酒，又爱菊。萧统《陶渊明传》载："（陶渊明）尝九月九日出宅边菊丛中坐。久之，满手把菊，忽值（江州刺史王）弘送酒至，即便就酌，醉而归。"撚（niǎn）：执，持取。

⑦金谷园：晋石崇所建，在洛阳城西。石崇以富著称，常在金谷园中宴宾取乐。此句谓富贵不能长久。

⑧铁门限：铁门槛，喻过不去的关口。范成大《重九日行营寿藏之地》诗有："纵有千年铁门限，终须一个土馒头。"

⑨汨（mì）罗江：在今湖南。屈原遭放逐后，自沉于汨罗江。三闾：指屈原，屈原曾为楚三闾大夫，掌管屈、昭、景三姓贵族的事。

⑩北邙（máng）山：在洛阳北，东汉及魏的王侯公卿多葬于此。千钟禄：指高官厚禄。钟，古代量器。《左传》有："釜十则钟。"杜预注："（钟）六斛四斗。"

⑪陶令杯：陶渊明曾做彭泽令，又性嗜酒，故云"陶令杯"。

⑫刘伶：西晋沛国（今安徽宿县）人，字伯伦。性嗜酒。

曾　瑞

　　曾瑞，字瑞卿，号褐夫，平州（今河北卢龙）人，一说大兴（今属北京）人，后移家杭州。《录鬼簿》说他"神采卓异，衣冠整肃，优游于市井，洒然如神仙中人"。志不屈物，不愿出仕，因号"褐夫"。至顺初，已逾七旬。江淮之显达者，岁时馈送不绝，遂得以徜徉卒岁。临终之日，诣门吊者以千数。善丹青，工画山水，学范宽。能隐语、小曲。著杂剧《才子佳人误元宵》，惜已失传。有散曲集《诗酒馀音》，已佚。今存小令九十五首，套数十七篇。

【中吕·山坡羊】
讥时

繁花春尽，穷途人困，太平分的清闲运①。整乾坤，会经纶②，奈何不遂风雷信③？朝市得安为大隐④。咱，装做蠢；民，何受窘！

【注释】

①分（fèn）：有"理该摊得"、"命中注定"的意思。清闲运：不做官而享清闲的命运，这是愤激之辞。

②整乾坤，会经纶：比喻自己有治国平天下的才干。

③风雷：比喻巨大的力量。此句谓得到施展才干的机会。

④大隐：按，古人有所谓大隐、中隐、小隐之说，谓小隐隐于山林，大隐隐于市朝。

【南吕·四块玉】
酷吏①

官况甜，公途险，虎豹重关整威严②。仇多恩少人皆厌。业贯盈③，横祸添，无处闪。

【注释】

①元朝实行种族歧视制度，重用蒙古人、色目人，吏治腐败，这支【四块玉】对当时的历史现实有所反映。

②虎豹重关：虎豹守着重叠的门，形容门禁森严。屈

原《招魂》："虎豹九关，啄害下人些。"

③业贯盈：谓罪恶满盈。业，梵语"羯磨"的义译，有造作之义。佛教称人的行为、言语、思念为业。业有善恶之分，但一般指恶业。

【南吕·骂玉郎过感皇恩采茶歌】
闺情①

【骂玉郎】才郎远送秋江岸，戙别酒唱阳关②，临岐无语空长叹③。酒已阑④，曲未残，人初散。【感皇恩】月缺花残，枕剩衾寒。脸消香，眉蹙黛，鬓松鬓。心长怀去后，信不寄平安。拆鸾凤，分莺燕⑤，杳鱼雁。【采茶歌】对遥山，倚阑干，当时无计锁雕鞍⑥。去后思量悔应晚，别时容易见时难⑦。

闺中闻杜鹃

【骂玉郎】无情杜宇闲淘气⑧，头直上耳根底⑨，声声聒得人心碎。你怎知，我就里⑩，愁无际？【感皇恩】帘幕低垂，重门深闭。曲栏边，雕檐外，画楼西。把春醒唤起⑪，将晓梦惊回。无明夜，闲聒噪，厮禁持⑫。【采茶歌】我几曾离，这绣罗帏？没来由劝道我不如归。狂客江南正着迷，这声儿好去对俺那人啼。

【注释】

①闺情为曲家之常题，不易出新，曾瑞这两支在众多写闺怨的曲子中能别具一格，尤为难得。这支带过

曲多三言句式，于尽情渲染离情别绪较为有力。

②阳关：故址在今甘肃敦煌西南。《元和郡县志》说，因它在玉门关之南，所以叫"阳关"。

③临岐：临近分别。岐，同"歧"，岔路。

④酒已阑：酒已喝尽。

⑤鸾凤、莺燕：喻夫妻或情侣。

⑥"当时"句：化用柳永【定风波】词："早知恁般么，悔当初不把雕鞍锁。"

⑦"别时"句：化用李煜【浪淘沙】词："无限江山，别时容易见时难。"

⑧杜宇：即杜鹃，又名"子规"。俗谓它的叫声像"不如归去"。其声哀怨，人不忍闻。故诗人多用它的啼声来寄托离愁别恨。张炎【高阳台】："莫开帘，怕见飞花，怕听杜鹃。"

⑨头直上：北方口语，即头顶上。

⑩就里：内心，内幕。纪君祥《赵氏孤儿》杂剧有："那屠岸贾将我的孩儿十分见喜，他岂知就里的事。"

⑪酲（chéng）：本指因喝醉了酒而神志不清，此处是因春睡而神志不清。

⑫厮禁持：相纠缠。

【中吕·喜春来】
相思①

你残花态那衣叩，咱减腰围攒带钩②，这般情绪几时休。思配偶，争奈不自由。

又

鸳鸯作对关前世，翡翠成双约后期，无缘难得做夫妻。除梦里，惊觉各东西。

妓家

无钱难解双生闷③，有钞能驱倩女魂④，粉营花寨紧关门⑤。咱受窘，披撒见钱亲。

【注释】

①曾瑞尝作【喜春来】二十二首，大都尖新俏丽，此选其中三首。

②"咱减腰围"句：意谓因相思病而消瘦。

③双生：指双渐。宋元时，双渐、苏卿的爱情故事流传甚广，故事中的苏卿本来是个重情不重财的歌妓，但这里用来比拟苏卿的"妓家"却恰恰相反，嫌贫爱富，故颇为诙谐。此句谓因妓家嫌贫爱富，双渐一类的书生遭拒，十分苦闷。

④倩女魂：张倩女离魂故事在宋元时流传甚广，郑光祖《倩女离魂》杂剧即述此，云张倩女因爱恋情人王文举，其魂魄追随王文举进京赴试，其真身卧病在床。后王文举返回，张倩女魂魄附体而病好事。

⑤粉营花寨：指代妓院。

虞　集

　　虞集（1272—1348），字伯生，号道园，世称"邵庵先生"。祖籍仁寿（今属四川），迁居崇仁（今属江西）。元成宗大德初年，因荐为大都路儒学教授，除国子助教博士。六年（1302），除翰林待制兼国史院编修官。泰定初迁秘书少监，用蒙、汉两种语言讲解经书，升翰林直学士兼国子祭酒。文宗时除奎章阁侍书学士，命修《经世大典》，进侍学士。因劳累致眼疾，又为大臣所忌，遂告病回江西，卒后封仁寿郡公，谥文靖。虞集为元中叶最负盛名的文学家，与杨载、揭傒斯、范梈并称元诗四大家，《元史》有传。著有《道园学古录》、《道园类稿》。散曲仅存小令一首。

【双调·折桂令】
席上偶谈蜀汉事，因赋短柱体①

銮舆三顾茅庐②，汉祚难扶③。日暮桑榆，深渡南泸④。长驱西蜀，力拒东吴。美乎周瑜妙术，悲夫关羽云殂。天数盈虚，造物乘除，问汝何如？早赋归欤。

【注释】

①短柱体：元曲巧体之一，两字一韵，每句两韵至三韵。

②銮舆三顾茅庐：指刘备三次到隆中访聘诸葛亮事。銮舆，皇帝的车驾。

③汉祚难扶：指蜀汉政权难以维持。祚，皇位。

④"日暮桑榆"两句：指诸葛亮晚年率军南征，平息汉中诸郡叛乱。

刘时中

刘时中，或以为即刘致。号逋斋，石州宁乡（今山西离石）人。因石州归太原管辖，故有"太原寓士"之称。生卒年不详。其父名彦文，字子章，生前任广州怀集令，卒于长沙。大德二年（1298），翰林学士姚燧游长沙，刘致往见，为其赏识，被荐用为湖南廉访使司幕僚。至大三年（1310），姚燧又荐之为河南行省掾。至治二年（1322）刘致任太常博士，至顺三年（1332）在翰林待制任内，最后调任江浙行省都事。死后无以为葬，杭州道士王眉叟葬之。今存小令七十四首，套数四篇。

【南吕·四块玉】①

泛彩舟，携红袖②，一曲新声按伊州③。樽前更有忘机友④：波上鸥，花底鸠，湖畔柳。

又

看野花，携村酒，烦恼如何到心头。红缨白马难消受⑤。二顷田，两只牛，饱时候。

又

佐国心⑥，拿云手⑦，命里无时莫强求。随缘过得休生受⑧。几叶锦，几匹绸，暖时候。

又

禄万钟⑨，家千口，父子为官弟封侯。画堂不管铜壶漏⑩。休费心，休过求，撺破头⑪。

【注释】

①刘时中所作【四块玉】凡十首，皆以隐逸之情为主骨，今选其中四首。

②红袖：指代身着艳装的美女。

③按：按板（歌唱）。伊州：唐宋大曲名。

④忘机友：没有机心的朋友，即下文的鸥、鸠、柳。

⑤红缨白马：指代官宦生涯。

⑥佐国心：辅佐君主治国安邦之心。

⑦拿云手：喻志向远大，本领高强。李贺《致酒行》诗："少年心事当拿云，谁念幽寒坐呜呃。"

⑧休生受：不要作难，不要吃苦。《竹叶舟》杂剧："天涯倦客空生受，凭着短剑长琴，游遍七国春秋。"

⑨禄万钟：优厚的俸禄。禄，俸钱，薪金。钟，古代
以六斛四斗为一钟。

⑩画堂：华丽的房子。铜壶漏：古代的计时器。此句
言时光过得快，岁月不饶人。

⑪攧（diān）破头：碰破头。攧，跌倒。

【中吕·朝天子】
邸万户席上①

柳营，月明，听传过将军令②。高楼鼓角戒严
更，卧护得边声静③。横槊吟情④，投壶歌兴⑤，有
前人旧典型⑥。战争，惯经，草木也知名姓⑦。

又

《虎韬》，《豹韬》⑧，一览胸中了。时时拂拭旧
弓刀，却恨封侯早。夜月铙歌⑨，春风牙纛⑩，看团
花锦战袍。鬓毛，木雕⑪，谁便道冯唐老⑫。

【注释】

①邸（dǐ）万户：生平事迹不详。刘时中的这两首
【朝天子】称颂的都是某一将军的文韬武略，此类题
材元曲中较少见，但由此可知，曲之题材并不限于
离情别绪或山水田园。

②"柳营"三句：此用周亚夫驻军细柳的典故。《史
记·绛侯周勃世家》："后六年，匈奴大入边。乃以
宗正刘礼为将军，军霸上；祝兹侯徐厉为将军，军
棘门；以河内守亚夫为将军，军细柳，以备胡。上

自劳军，至霸上及棘门军，直驰入，将以下骑送迎。已而至细柳军，军士吏被甲，锐兵刃，彀弓弩，持满，天子先驱至，不得入……文帝曰：‘嗟乎！此真将军矣！曩者霸上、棘门军，若儿戏耳。’”后因以“细柳营”为军纪严明、战斗力强的代称。柳营，“细柳营”之省。

③边声静：边塞上的各种声音，表示边境很宁静，没有战事。

④横槊（shuò）吟情：横持着长槊吟诗，形容文武双全的大将风度。苏轼《前赤壁赋》：“方其（指曹操）破荆州，下江陵，顺流而东也，舳舻千里，旌旗蔽空，酾酒临江，横槊赋诗，固一世之雄也。”槊，长矛，古代的一种兵器。

⑤投壶歌兴：投壶是我国古代宴会时的一种娱乐。《礼记·投壶》篇说，以壶口为目标，用矢投入，以投中多少决胜负，负者要罚酒。

⑥典型：模范，样板。

⑦“草木”句：极言将军的声誉。黄庭坚《送范德孺知庆州》诗：“乃翁知国如知兵，塞垣草木识威名。”此用其意。

⑧《虎韬》、《豹韬》：《六韬》中的两篇。《六韬》为古代的兵书，相传是周代的吕尚（姜太公）所作，全书分为《文韬》、《武韬》、《龙韬》、《虎韬》、《豹韬》、《犬韬》六篇。

⑨铙（náo）歌：乐府鼓吹曲的一部，用于鼓励士气及

宴享功臣。《古今注》说它"所以建武扬盛德,风劝战士也"。铙,古代军中的一种打击乐器。

⑩牙纛(dào):将军的大旗。也作"牙旗"。

⑪木雕:疑为"未凋",形近而讹。雕,同"凋",言其两鬓未白。

⑫冯唐老:冯唐在汉文帝、景帝时已表现出杰出才干,但始终未得重用。武帝立,求贤良,人举冯唐,时冯唐年九十馀,不能复为官(事见《史记·张释之冯唐列传》)。王勃《滕王阁诗序》云:"嗟乎!时运不齐,命途多舛。冯唐易老,李广难封。"

【中吕 · 红绣鞋】
劝收心①

不指望成家立计,则寻思卖笑求食,早巴得个前程你便宜。虽然没花下子②,也须是脚头妻③,立下个妇名儿少甚的?

【注释】

①诗词中亦有以议论为诗、以议论为词者,曲亦有以议论为曲者。刘时中这支【红绣鞋】劝告妓女收心从良,别有趣味。

②花下子:喻虚情假意、逢场作戏的嫖客。

③"也须是"句:意谓只要妓女真心从良,便可以成为受人真心疼爱、愿意冷暖与共的妻子。

【双调·折桂令】
农^①

想田家作苦区区^②，有斗酒豚蹄^③，畅饮歌呼。瓦钵瓷瓯，村箫社鼓，落得装愚^④。吾将种牵衣自舞，妇秦人击缶相娱。儿女供厨，仆妾扶舆^⑤，无是无非，不乐何如？

渔

鳜鱼肥流水桃花，山雨溪风，漠漠平沙。箬笠蓑衣^⑥，笔床茶灶，小作生涯。樵青采芳洲蓼牙，渔童薪别浦蒹葭。小小渔艖，泛宅浮家^⑦，一舸鸥夷，万顷烟霞。

樵

正山寒黄独无苗，听斤斧丁丁，空谷潇潇。有涧底荆薪，淮南丛桂，吾意堪樵。赤脚婢香粳旋捣，长须奴野菜时挑。云暗山腰，水沍溪桥^⑧，日暮归来，酒满山瓢。

牧

被野猿山鸟相留，药解延年，草解忘忧。土木形骸，烟霞活计，麋鹿交游^⑨。闷来访箕山许由^⑩，闲时寻嵩顶丹丘^⑪。莫莫休休，荡荡悠悠，挈子携妻，老隐南州。

【注释】

①在元曲家的笔下，农人、渔民、樵夫、牧者们恬静安宁、与世无争的生活，成为他们一心向往的理想

生活，虽然他们所描绘的农人或渔民、樵夫的生活与社会现实往往有很大出入。

②区区：极言少。

③豚（tún）：小猪，也泛指猪。

④落得：弄到这般地步。亦作"落的"或"落来"。这里则是自甘痴呆。

⑤仆妾扶舆：有仆、妾扶舆的生活自然不是一般的农家生活，而应是乡间的士绅们才能拥有的。

⑥箬（ruò）笠：用嫩蒲草编成的斗笠。

⑦泛宅浮家：渔人长期生活于水上，与船相伴，故称"泛宅浮家"。

⑧沍（hù）：因寒冷而凝结。

⑨"土木形骸"三句：身形化为土木，工作的对象为烟霞，交往的朋友为麋鹿。此三句谓人与自然和谐相处、身与物化，已难分彼此。

⑩许由：据说为商代的隐士，曾隐居箕山。

⑪嵩（sōng）：即嵩山。

【双调·殿前欢】①

醉翁酡②，醒来徐步杖藜拖③。家童伴我池塘坐，鸥鹭清波。映水红莲五六科④，秋光过，两句新题破。秋霜残菊，夜雨枯荷。

又

醉颜酡，太翁庄上走如梭。门前几个官人坐，有虎皮驮驮。呼王留唤伴哥⑤，无一个，空叫得喉眬破。人踏了瓜果，马践了田禾。

【注释】

①刘时中的这两首【殿前欢】表现的都是隐居乐道的
生活，写得别有情趣。

②酡（tuó）：因喝了酒，脸上发红。

③徐步：慢慢走。藜：用藜木做的拐杖。

④科：同"棵"。

⑤王留、伴哥：元曲中常见的农人通用的名字。

阿鲁威

　　阿鲁威，字叔重，号东泉，人或以"鲁东泉"称之，蒙古人。生平不详。至治间官南剑太守，泰定间为经筵官、参知政事。今存小令十九首。

【双调·蟾宫曲】
怀古①

鸱夷后那个清闲②？谁爱雨笠烟蓑，七里严
湍③。除却巢由④，更无人到，颍水箕山。叹落日孤
鸿往还⑤，笑桃源洞口谁关⑥？试问刘郎⑦，几度花
开，几度花残？

又

问人间谁是英雄？有酾酒临江，横槊曹公⑧。
紫盖黄旗⑨，多应借得，赤壁东风⑩。更惊起南阳卧
龙⑪，便成名《八阵图》中⑫。鼎足三分，一分西蜀，
一分江东。

【注释】

①阿鲁威本人为蒙古人，与一般汉族知识分子比较，
　其际遇似较顺达。而这两首【蟾宫曲】表现的也是
　鄙弃功名、全身远祸的思想，可见此种情绪为当时
　知识阶层所共有。

②鸱（chī）夷：指范蠡。范蠡辅佐越王勾践复国后，知
　勾践可以共患难而不可以共安乐，乃泛舟游于五湖之
　上，变名易姓至齐，自号"鸱夷子皮"，致产数千万，
　齐人闻其贤，推其为相。范蠡以久受尊名不祥，乃
　归相印，尽散其财，潜行至陶国，自号"陶朱公"，
　不久，累财巨万。事见《史记·越王勾践世家》。

③七里严湍（tuān）：指东汉严子陵隐居不仕，在七
　里滩隐居事。

④巢由：巢父和许由。巢父，尧时隐士，以树为巢而
　　寝其上，故时人号曰巢父。许由，尧想把天下让给
　　他，他认为玷污了他的耳朵，于是到颍水之滨去洗
　　耳，隐居箕山终身。事见皇甫谧《高士传》上。

⑤孤鸿：这里喻隐居的高士。

⑥桃源洞口：陶渊明作《桃花源记》，后因以指避世隐
　　居的地方。此句谓桃源洞口即使敞开着，也没有人
　　愿意进去隐居。

⑦刘郎：指刘晨。相传东汉永平年间，他与阮肇同入
　　天台山采药，遇二仙女，留居半载，还乡时，子孙
　　已历十世。事见《太平广记》。

⑧"有酾（shī）酒"二句：苏轼《前赤壁赋》中说曹
　　操破荆州、下江陵时，"酾酒临江，横槊赋诗"。酾
　　酒，斟酒。

⑨紫盖黄旗：古人认为天空出现黄旗紫盖的云气，是
　　出帝王的兆头。这是指曹操终于统一天下。

⑩赤壁东风：赤壁大战时，周瑜用部将黄盖计，用火
　　攻，恰巧东南风大起，向西北延烧，曹兵大败。杜牧
　　《赤壁》诗云："东风不与周郎便，铜雀春深锁二乔。"

⑪南阳卧龙：指诸葛亮。徐庶向刘备推荐时，称其为
　　"卧龙"。诸葛亮出山前，曾隐居南阳（今属河南）。
　　诸葛亮《出师表》："臣本布衣，躬耕于南阳。"

⑫《八阵图》：据说诸葛亮能摆八卦阵，推演《八阵
　　图》。杜甫《八阵图》诗概括诸葛亮一生功业，云：
　　"功盖三分国，名成《八阵图》。"

王元鼎

　　王元鼎，金陵（今江苏南京）人。生卒年不详。约与阿鲁威同时，曾为翰林学士。夏庭芝《青楼集》"顺时秀"条载，其与歌伎顺时秀关系甚密，顺时秀有病，王元鼎杀其坐骑为之啗。顺时秀称其善"嘲风弄月，惜玉怜香"。今人孙楷第《元曲家考略》认为他当为玉元鼎，原名阿鲁丁，西域人。至大、皇庆间国子学生员。其所作散曲，今存小令七首，套数二篇。

【越调·凭栏人】
闺怨①

垂柳依依惹暮烟，素魄娟娟当绣轩②。妾身独自眠，月圆人未圆。

又

啼得花残声更悲③，叫得春归郎未知。杜鹃奴倩伊④，问郎何日归？

【注释】

①王元鼎的这两首【凭栏人】皆吟咏闺情，用韵响亮，明丽委婉。

②素魄：指月亮。因月白如素，故称"素魂"。娟娟：美好的样子。当：正当，迎着。

③"啼得花残"句：此化用辛弃疾【贺新郎】词："更那堪鹧鸪声住，杜鹃声切。"

④奴：女子自称。倩：请。伊：彼，他。

薛昂夫

　　薛昂夫，本名薛超兀儿，一作"超吾"，回鹘（今新疆）人。生卒年不详。汉姓马，故亦称"马昂夫"，字九皋。其祖官御史大夫，始居龙兴（今江西南昌）。父官御史中丞。薛昂夫早年曾问学于宋末诗人刘辰翁，初为江西行中书省令史，后入京，由秘书监郎官累官金典瑞院事，泰定、天历间为太平路总管，元统间移衢州路总管。晚年隐居杭州皋亭山一带。薛昂夫善书法，尤工篆书。有诗名，与虞集、萨都剌相唱和。现存小令六十五首，套数三篇。赵孟頫《薛昂夫诗集序》云其"读书为文，学为儒生，发而为诗、乐府，皆激越慷慨，流丽闲婉，累世为儒者或有所不及"。

【正宫·塞鸿秋】①

功名万里忙如燕②，斯文一脉微如线③，光阴寸隙流如电④，风雪两鬓白如练。尽道便休官⑤，林下何曾见⑥，至今寂寞彭泽县⑦。

【注释】

①本曲首四句为连璧对，且对仗工稳，极富表现力。

②功名万里：指东汉班超希望立功边疆封侯事。《后汉书·班超传》载班超尝对人说："大丈夫无他志略，犹当效傅介子、张骞立功异域，以取封侯，安能久事笔砚间乎？"

③斯文：指儒者追求的文化品格、修养等。《论语·子罕》有："天之将丧斯文也，后死者不得与于斯文也。"

④光阴寸隙：形容时光过得飞快。《庄子·知北游》云："人生天地之间，若白驹之过隙，忽焉而已。"

⑤尽道：都说。休官：辞官。

⑥"林下"句：灵彻《东林寺酬韦丹刺史》诗有"相逢尽道休官去，林下何曾见一人"，此用其意。林下，指山林隐逸的地方。

⑦彭泽县：陶渊明曾为彭泽县令，后归隐。此句言隐居的人很少。

【双调·蟾宫曲】
雪①

天仙碧玉琼瑶②，点点杨花③，片片鹅毛④。访戴归来⑤，寻梅懒去⑥，独钓无聊⑦。一个饮羊羔红炉暖阁⑧，一个冻骑驴野店溪桥⑨。你自评跋，那个清高，那个粗豪。

【注释】

①元曲中尽多隐逸之趣者，此曲以雪为题，借雪见意，颇具匠心。

②碧玉琼瑶：形容雪晶莹洁白。

③点点杨花：以杨花喻雪。苏轼【少年游】词："去年相送，馀杭门外，飞雪似杨花。今年春尽，杨花似雪，犹不见还家。"

④片片鹅毛：形容雪片大如鹅毛。白居易《雪晚喜李郎中见访兼酬所赠》："可怜今夜鹅毛雪，引得高情鹤氅人。"

⑤访戴归来：晋王徽之尝居山阴（今浙江绍兴），忽然想起住在剡中（今浙江嵊县）的友人戴安道，于是趁夜乘舟去看望他，过门不入而返。人问其故，曰："乘兴而来，兴尽而返，何必见戴。"见《晋书·王徽之传》及《世说新语·任诞》。

⑥寻梅懒去：这是孟浩然踏雪寻梅的故事。

⑦独钓无聊：此句化用柳宗元《江雪》"孤舟蓑笠翁，独钓寒江雪"的句意。

⑧羊羔：美酒名。

⑨"冻骑驴"句：指孟浩然一类骚人雅士的孤高洒脱行径。

【中吕·山坡羊】①

大江东去，长安西过②，为功名走尽天涯路。厌舟车③，喜琴书④。早星星鬓影瓜田墓⑤，心待足时名便足⑥。高，高处苦；低，低处苦。

【注释】

①此曲《乐府群珠》题作《述怀》。

②"大江"二句：言为功名奔波，足迹遍于大江南北。大江，长江。长安，古都。

③厌舟车：指以奔波求官的羁旅生活为苦事。

④喜琴书：指以琴书自娱的隐居生活为乐。

⑤早：早已经。星星鬓影：形容鬓发花白。瓜田墓：汉邵平，本为秦东陵侯。秦亡后，在长安城东门种瓜，味甜美，世称"青门瓜"或"东陵瓜"。这句是说自己的隐居生活。

⑥待：将要，将欲。

【双调·湘妃怨】
集句①

几年无事傍江湖，醉倒黄公旧酒垆②。人间纵有伤心处，也不到刘伶坟上土③，醉乡中不辨贤愚。对风流人物，看江山画图④，便醉倒何如⑤！

【注释】

①集句体亦为元曲巧体之一，诗词中也有集句体，都

是从前人诗文存作中集取诗句，巧妙组织，为我所用。晋傅咸集七经诗发其端。

②"几年"两句：集唐陆龟蒙《和袭美春夕酒醒》诗："几年无事傍江湖，醉倒黄公旧酒垆。觉后不知明月上，满身花影倩人扶。"黄公，魏晋间一卖酒人。垆，安放酒瓮的土台。据《世说新语·伤逝》：王戎曾与友人嵇康、阮籍酣饮于黄公酒店，后来嵇康、阮籍二人去世，王戎重过此店，怀念故友，十分伤感。

③"也不到"句：集唐李贺《将进酒》诗："劝君终日酩酊醉，酒不到刘伶坟上土。"刘伶，西晋人，嗜酒如命，出门经常带一壶酒，叫仆人背一把锹跟着，说："若醉死了，就把我埋掉。"事见《晋书·刘伶传》。

④"对风流"两句：集苏轼《念奴娇·赤壁怀古》："大江东去，浪淘尽，千古风流人物。""江山如画，一时多少豪杰。"

⑤便：即使，纵然。

贯云石

　　贯云石，原名小云石海涯，元功臣阿里海涯之孙，父名贯只歌，遂以"贯"为姓。号酸斋，又号芦花道人。年轻时武力超人，善骑射，袭职为两淮万户府达鲁花赤，镇守永州（今湖南零陵）。后弃武学文，从姚燧学，接受汉族文化。元仁宗时任翰林院侍读学士、中奉大夫知制诰同修国史等官。后称疾归隐江南，变名易姓，在杭州过诗酒优游的生活。卒赠集贤学士中奉大夫护军，追封京兆郡公，谥文靖。贯云石能诗文、善草、隶书，俱能变化古今，自成一家。有《贯酸斋集》二卷。现存散曲有小令七十九首，套数八首。同时的曲家徐再思，号甜斋，近人任讷把他和徐再思的散曲合编为《酸甜乐府》。杨维桢誉之为"一代词伯"。《乐郊私语》云："云石翩翩公子，所制乐府散套，俊逸为当行之冠。即歌声高引，可彻云汉。"

【双调·水仙子】
田家①

绿阴茅屋两三间，院后溪流门外山。山桃野杏开无限，怕春光虚过眼，得浮生半日清闲②。邀邻翁为伴，使家僮过盏③，直吃的老瓦盆干。

又

满林红叶乱翩翩，醉尽秋霜锦树残④，苍苔静拂题诗看。酒微温石鼎寒⑤，瓦杯深洗尽愁烦，衣宽解，事不关，直吃的老瓦盆干。

【注释】

①贯云石【双调·水仙子】以"田家"为题者凡四首，皆借田家生活的描绘，歌咏自家归隐田园的情趣，今选其中之二。

②浮生：虚浮不定之生活。李白《春夜宴桃李园序》："浮生若梦，为欢几何。"

③过盏：传递酒杯（给邻翁）。

④"醉尽秋霜"句：红叶满林，已经凋残了。

⑤"酒微温"句：酒微温石炉还没有热。因石鼎（石炉）壁厚热得慢。

【正宫·塞鸿秋】
代人作①

战西风几点宾鸿至②，感起我南朝千古伤心事③。展花笺欲写几句知心事④，空教我停霜毫半晌无才思⑤。往常得兴时，一扫无瑕疵⑥。今日个病恹恹刚写下两个相思字⑦。

【注释】

①贯云石【正宫·塞鸿秋】"代人作"凡两首，皆尖新俏丽，今选其中之一。

②宾鸿：鸿，候鸟，每秋到南方越冬。《礼记·月令》："（季秋之月）鸿雁来宾。"故称"宾鸿"。

③南朝：指三国时的吴、东晋及南朝的宋、齐、梁、陈，都以南方的建康（今江苏南京）为都城。吴激【人月圆】词："南朝千古伤心事，还唱后庭花。"

④花笺：精致华美的信笺。徐陵《玉台新咏序》："五色华笺，河北胶东之纸。高楼红粉，仍定鱼鲁之文。"

⑤霜毫：白兔毛做的毛笔。

⑥一扫无瑕疵：一挥而就，没有毛病。瑕疵，本指玉器上的斑点，这里指诗文中的小毛病。

⑦病恹恹（yān）：因相思病而精神萎靡不振。

【中吕·红绣鞋】①

挨着靠着云窗同坐，看着笑着月枕双歌②，听着数着愁着怕着早四更过③。四更过，情未足，情未足，夜如梭。天那！更闰一更妨甚么④。

【注释】

①贯云石作为贵家公子，经常出入酒楼歌馆，其词也

不免逢场作戏，但这首【中吕·红绣鞋】写男女之情，大胆率真，为一般诗词所未见。曲中又借用重叠、顶真等民歌惯用的手法。

②月枕：形如月牙的枕头。双歌：一同歌唱。

③听着数着愁着怕着：听着谯鼓敲打，数着打更声，忧愁天明，害怕分离。

④闰：农历有闰月之说，但无闰更，此处突发此想，主要表现女子痴情，指希望延长与情人同处的时间。

【双调·殿前欢】①

畅幽哉②，春风无处不楼台。一时怀抱俱无奈③，总对天开。就渊明归去来，怕鹤怨山禽怪④。问甚功名！酸斋笑我，我笑酸斋。

又

楚怀王，忠臣跳入汨罗江。《离骚》读罢空惆怅，日月同光。伤心来笑一场，笑你个三闾强。为甚不身心放。沧浪污你，你污沧浪⑤。

【注释】

①贯云石【双调·殿前欢】凡八首，都故作佻达语，实皆长歌当哭。

②畅幽哉：犹言真幽美呀。畅，真正，十分。幽，幽静，幽美。

③无奈：无法抑止。此句是说面对美好春光，心中一

时触发难以抑止的情怀，要尽情向大自然抒发。

④"就渊明"两句：是说即刻效仿陶渊明归隐林泉，决不三心二意，以免被山林中的禽鸟所见怪。鹤怨山禽怪，南朝齐孔稚珪《北山移文》："蕙帐空兮夜鹤怨，山人去兮晓猿惊。"指原来隐居山林的周颙，后来又出山做官，惹得山林中与他相处的白鹤、猿猴都感到吃惊和怨恨。这里是反其意而用之，表明归隐之志已决。

⑤"沧浪污你"两句：《楚辞·渔父》中说，屈原遭逐，行吟泽畔，遇一渔夫，曰："举世皆浊我独清，众人皆醉我独醒。"故欲赴湘流，葬于江鱼之腹，以免蒙世俗之尘埃。渔父莞尔而笑，歌曰："沧浪之水清兮可以濯吾缨，沧浪之水浊兮可以濯吾足！"意谓真正的隐者是不必选择投江自沉一途的。

【双调·清江引】

弃微名去来心快哉，一笑白云外。知音三五人，痛饮何妨碍？醉袍袖舞闲天地窄。

又

竞功名有如车下坡，惊险谁参破。昨日玉堂臣，今日遭残祸。争如我避风波走在安乐窝。

立春

限金、木、水、火、土五字冠于每句之首，句各用春字①

金钗影摇春燕斜，木杪生春叶②。水塘春始波，火候春初热。土牛儿载将春到也③。

惜别

闲来唱会清江引，解放闲愁闷。富贵在于天，生死由乎命。且开怀与知音谈笑饮。

【注释】

①此曲暗嵌金、木、水、火、土五字，且每句各嵌"春"字。嵌字体为元曲巧体之一，可见曲家之工巧。

②木杪（miǎo）：树木的细梢。

③土牛：土制的牛。古代于农历十二月出土牛以送寒气。后于立春造土牛，以劝农耕，象征春耕开始。

周文质

　　周文质（？—1334），字仲彬，建德（今属浙江）人，后移居杭州。学问该博，资性工巧。明曲调，谐音律，文笔新奇，家世业儒，俯就小吏。与钟嗣成交二十馀年。元统二年（1334）病卒。作杂剧《苏武还朝》、《春风杜韦娘》、《孙武子教兵》、《戏谏唐庄宗》四种，今仅《苏武还朝》残存两折。今存散曲小令四十三首，套数五套。

【正宫·叨叨令】
自叹①

筑墙的曾入高宗梦②，钓鱼的也应飞熊梦③，受贫的是个凄凉梦，做官的是个荣华梦。笑煞人也么哥④，笑煞人也么哥，梦中又说人间梦⑤。

【注释】

①【叨叨令】曲在文体写作方面的主要特征是重复两遍使用"也么哥"。元灭南宋，文人以及文人安身立命的文化传统都遭遇边缘化，许多士人产生了人生如梦的幻灭感。周文质的这首【叨叨令】"自叹"最典型地反映了元代部分文人的心态。

②"筑墙"句：传说傅说本为筑墙之人，后被商王武丁（高宗）起用为相。《史记·殷本纪》载，武丁"夜梦得圣人，名曰说。以梦所见视群臣百吏，皆非也。于是乃使百工营求之野，得说于傅险（岩）中……举以为相，殷国大治"。

③"钓鱼"句：这里用的是姜太公吕尚尝垂钓渭水、后遇文王的典故。《史记·齐太公世家》："西伯将出猎，卜之曰：'所获非龙非彨非虎非罴，所获霸王之辅。'于是周西伯猎，果遇太公于渭之阳……载与俱归，立为师。"

④也么哥：也作"也末哥"。语尾助词，无义。

⑤"梦中"句：是说自己现在也在梦中，在梦中评说各种人间梦。

【正宫·叨叨令】
悲秋①

叮叮当当铁马儿乞留定琅闹②，啾啾唧唧促织儿依柔依然叫③，滴滴点点细雨儿淅零淅留哨，潇潇洒洒梧叶儿失留疏剌落。睡不着也么哥，睡不着也么哥。孤孤零零单枕上迷飑模登靠④。

【注释】

①此曲以赋的笔法，从不同方面渲染愁情，尤着意于声音的描摹，词、曲之别于此可窥一斑。首四句为鼎足对。

②铁马儿：风铃。"叮叮当当"、"乞留定琅"及后文的"啾啾唧唧"、"依柔依然"、"淅零淅留"、"失留疏剌"等皆为拟声词。

③促织儿：即蟋蟀。

④迷飑（diū）模登：指迷迷糊糊。

【双调·落梅风】①

楼台小，风味佳，动新愁雨初风乍②。知不知对春思念他，倚阑干海棠花下。

又

新秋夜，微醉时，月明中倚栏独自③。吟成几联断肠诗④，说不尽满怀心事。

又

鸾凤配，莺燕约⑤，感萧娘肯怜才貌⑥。除琴剑又别无珍共宝⑦，则一片至诚心要也不要⑧。

【注释】

①周文质的这三首【落梅风】都是言情之曲，读来都
　流丽可爱。

②乍：刚刚，起初。

③倚栏独自：是"独自倚栏"的倒文。这里因押韵而
　倒装。

④断肠诗：极度悲伤的诗歌。宋代女词人朱淑真有词
　集曰《断肠词》。

⑤鸾凤配、莺燕约：喻男女的匹配，爱情盟约。

⑥萧娘：汉唐以后对女子的泛称。五代后蜀尹鹗【临
　江仙】词："一番荷芰生，池沼槛前风送馨香。昔年
　于此伴萧娘，相偎伫立，牵惹叙衷肠。"

⑦琴剑：古琴、宝剑，是古代知识分子常伴的行装。

⑧"则一片"句：只有一片赤诚的心。至诚心，非常
　诚恳的心意。《汉书·楚元王传》："其言多痛切，发
　于至诚。"

【越调·寨儿令】

弹玉指，觑腰枝，想前生欠他憔悴死①。锦帐
琴瑟，罗帕胭脂，则落的害相思。曾约在桃李开
时，到今日杨柳垂丝。假题情绝句诗，虚写恨断肠
词②。嗤！都扯做纸条儿。

又

踏草茵③，步苔痕，忆宫妆懒观蝶翅粉④。桃脸香新，柳黛愁颦，谁道不消魂！海棠台榭清晨，梨花院落黄昏。卷帘邀皓月，把酒问东君⑤。春，偏恼少年人。

又

清景幽，水痕收，潇潇几株霜后柳。往日追游，此际还羞，新恨上眉头。丹枫不返金沟，碧云深锁朱楼。风凉梧翠减，露冷菊香浮。秋，妆点许多愁。

【注释】

①"弹玉指"三句：意谓自己打量一回自己的手指、腰肢，看看因为憔悴究竟消瘦了多少。

②"假题"两句：意谓情人未如期赴约，仅仅寄来谈情说爱的诗、词。

③草茵：(春)草如平铺的席子。

④宫妆：宫廷中流行的妆扮式样。

⑤东君：古以东、南、西、北四个方向分别对应春、夏、秋、冬四季，故"东君"即指代春。

乔 吉

　　乔吉（？—1345），一作"乔吉甫"，字梦符（或作"孟符"），号笙鹤翁，又号惺惺道人。太原（今属山西）人，后流寓杭州。美容仪，能词章，以威严自饬。一生落拓，浪迹江湖，寄情诗酒。以《西湖梧叶儿》一百篇蜚声词坛，所著杂剧十一种，今存《扬州梦》、《两世姻缘》、《金钱记》三种。其散曲后人辑有《惺惺道人乐府》、《文湖州集词》，今存小令二百零九首，套数十一篇，其散曲作品数量之多仅次于张可久，当时与张可久齐名。据陶宗仪《辍耕录》，乔吉尝云："作乐府亦有法：曰：凤头、猪肚、豹尾六字是也。大概起要美丽，中要浩荡，结要响亮；尤贵在首尾贯穿，意思清新。"李开先《乔梦符小令序》评其词曰："蕴藉包含，风流调笑，种种出奇而不失之怪，多多益善而不失之繁，句句用俗而不失其为文。"乔吉、张小山作为关汉卿、马致远之后的一代曲家，其所作散曲显著词化，风格亦趋于雅丽，这标志着元散曲在元中叶时已发生重要变化。

【正宫·绿幺遍】
自述①

不占龙头选②，不入名贤传③。时时酒圣，处处诗禅。烟霞状元，江湖醉仙，笑谈便是编修院④。留连⑤，批风抹月四十年⑥。

【注释】

①乔吉的这首【绿幺遍】"自述"对于我们理解其四十年流浪江湖的形迹和心态都极有帮助。

②龙头：头名状元。此句指未有功名。

③名贤传：登录名人贤者的传记，为历代官修史书的重要组成部分。

④编修院：即翰林院，编修国史的机关，唐宋以来的中国文人多以参与国史编纂为荣。

⑤留连：留恋，不愿离开或不忍隔舍。高适《行路难》诗："五侯相逢大道边，美人弦管争留连。"

⑥批风抹月：犹言吟风弄月。

【中吕·满庭芳】
渔父词①

吴头楚尾②，江山入梦，海鸟忘机。闲来得觉胡伦睡③，枕着蓑衣。钓台下风云庆会，纶竿上日月交蚀④。知滋味，桃花浪里，春水鳜鱼肥。

又

携鱼换酒，鱼鲜可口，酒热扶头⑤。盘中不是鲸鲵肉^⑥，鲟鲊初熟^⑦。太湖水光摇酒瓯^⑧，洞庭山影落鱼舟。归来后，一竿钓钩，不挂古今愁。

【注释】

①乔吉【中吕·满庭芳】以"渔父词"为题者凡二十首，这些作品并非一时一地之作，都表露的是作者隐逸情怀，此选其中之二。

②吴头楚尾：指今江西省北部，春秋时为吴、楚两国接界之地，因称"吴头楚尾"。

③胡伦：同"囫囵"，指浑然一体。此处用以形容睡得香甜。

④纶竿：钓竿。纶，钓丝。

⑤扶头：有两解，一为酒名，是一种烈性酒；一为振奋头脑之意。此处应为后者。

⑥鲸鲵（ní）：即鲸鱼，雄为鲸，雌为鲵。典出《左传·宣公十二年》。俗说鲸鲵出入穴即为潮水，故后世多以"鲸鲵"比喻叛逆之人。

⑦鲟鲊（zhǎ）：鲟，一种产于近海或江河的鱼，味极鲜美。鲊，经过腌制加工的鱼。

⑧瓯（ōu）：盆、盂一类的瓦器。

【双调·水仙子】
为友人作^①

搅柔肠离恨病相兼^②，重聚首佳期卦怎占？豫章城开了座相思店^③。闷勾肆儿逐日添^④，愁行货顿塌在眉尖⑤。税钱比茶船上欠⑥，斤两去等秤上掂⑦，吃紧的历册般拘钤⑧。

怨风情

眼前花怎得接连枝⑨，眉上锁新教配钥匙⑩，描笔儿勾销了伤春事。闷葫芦铰断线儿⑪，锦鸳鸯别对了个雄雌⑫。野蜂儿难寻觅，蝎虎儿干害死，蚕蛹儿毕罢了相思⑬。

【注释】

①元曲尚尖新、谐趣，乔吉的这两首【双调·水仙子】写男女之情，都别出心裁，颇富曲味。

②恨病相兼：指怨恨更兼相思病。

③豫章城：故址在今江西南昌。在宋元时流行的双渐、苏卿故事中（见前关汉卿【双调·大德歌】"双渐苏卿"注释①），双渐曾赶至豫章城寻找苏卿。

④勾肆：勾栏瓦肆，宋元时伎艺人卖艺的场所。此句是说心中的愁闷如同勾栏瓦肆一样逐日增添。

⑤"愁行货"句：谓愁苦如因滞销而高高堆积至眉的货物一样。顿塌，堆积。

⑥"税钱"句：谓相思的税钱要在茶船上收。

⑦"斤两"句：谓愁苦的轻重要在等秤上掂量。等秤，即戥秤，用以称金银或药的秤。

⑧"吃紧的"句：谓最主要的是行动如历书一样的死板不自由。历册，即历本、历书。拘钤（qián），拘束，约束。

⑨连枝：连理枝。

⑩眉上锁：喻双眉紧皱如锁难开。

⑪闷葫芦铰断线儿：谓心里像闷葫芦一样不知为何被铰断了线。

⑫锦鸳鸯：喻佳偶。锦，鲜明美丽。

⑬"野蜂儿"三句：谓（思念中的人）像野蜂一般难以寻觅，（我却）像蝎儿一般活活被坑害死，像蚕蛹般断了相思。蝎虎，即壁虎，又名"守宫"。传说用朱砂喂养壁虎。

【双调·折桂令】
七夕赠歌者①

崔徽休写丹青②，雨弱云娇，水秀山明。箸点歌唇③，葱枝纤手，好个卿卿④。水洒不着春妆整整⑤，风吹的倒玉立亭亭。浅醉微醒，谁伴云屏？今夜新凉，卧看双星⑥。

又

黄四娘沽酒当垆⑦，一片青旗⑧，一曲骊珠⑨。滴露和云，添花补柳，梳洗工夫。无半点闲愁去处，问三生醉梦何如。笑倩谁扶⑩，又被春纤⑪，搅住吟须⑫。

【注释】

①歌伎是宋元词曲演唱的主要承担者，有许多词曲则是词曲家专为她们写作的，乔吉的这两首【双

调·折桂令】"七夕赠歌者"都反映了元曲家与当时歌伎们的特殊关系。

②崔徽：唐代歌伎，很美丽，善画自己的肖像送给恋人。休：不用画。丹青：绘画，描摹。

③箸点：形容女子小嘴如筷子头。

④卿卿：对情人的昵称。

⑤春妆：此指春日盛妆。

⑥双星：指牛郎星、织女星。

⑦黄四娘：美女的泛称。当垆：古时酒店垒土为台，安放酒瓮，卖酒人在土台旁，叫"当垆"。卓文君私奔司马相如后，无以为生，也曾当垆卖酒。此用其典。

⑧青旗：指酒招子、酒幌子。

⑨骊珠：传说中的珍珠，出自骊龙颔下。此处用以形容歌声动人，如珠圆玉润。

⑩倩：请。

⑪春纤：指女子细长的手指。

⑫揽住吟须：指歌伎向作者索要赠诗。吟须，吟诗的胡须，此乃作者自指。

【双调·清江引】
笑靥儿①

凤酥不将腮斗儿匀②，巧倩含娇俊③。红镌玉有痕，暖嵌花生晕。旋窝儿粉香都是春④。

又

一团可人衔是娇⑤，妆点如花貌。抬叠起脸上愁，出落腮边俏。千金这窝儿里消费了⑥。

【注释】

①笑靥（yè）儿：笑时嘴边露的小圆窝。此曲竟以
　"笑靥儿"为题，亦为诗词所未见。乔吉原作四首，
　今选其中两首。

②凤酥：即凤膏，油脂类化妆品。

③"巧倩"句：是说笑起来特别娇美。巧倩，美丽动
　人的笑容。《诗经·卫风·硕人》："巧笑倩兮，美目
　盼兮。"

④旋窝儿：即酒窝。此句谓满面含笑。

⑤衟（zhūn）：纯粹，纯。

⑥"千金"句：隐指歌伎们迎欢卖笑的生涯。

【双调·卖花声】
悟世①

肝肠百炼炉间铁，富贵三更枕上蝶②，功名两
字酒中蛇③。尖风薄雪④，残杯冷炙⑤，掩清灯竹篱
茅舍。

【注释】

①元散曲中以"悟世"为题者甚多，大都为看破红尘
　之意，此曲亦以此为题旨，唯别有一般风味，起首
　连用的三句鼎足对甚为工稳、有力。

②"富贵"句：谓富贵如梦一般虚幻。枕上蝶，即用

庄周梦中化蝶的典故。

③"功名"句：谓功名如酒中之蛇影一样不可捉摸。酒中蛇，借用"杯弓蛇影"的典故。

④尖风：刺骨的寒风。

⑤残杯冷炙：剩酒和冷菜，借指生活清贫。

【中吕·山坡羊】

寄兴^①

鹏抟九万^②，腰缠十万，扬州鹤背骑来惯^③。事间关，景阑珊，黄金不富英雄汉^④。一片世情天地间^⑤。白，也是眼；青，也是眼^⑥。

冬日写怀

朝三暮四，昨非今是，痴儿不解荣枯事^⑦。攒家私，宠花枝^⑧，黄金壮起荒淫志。千百锭买张招状纸^⑨。身，已至此；心，犹未死。

【注释】

①元曲中的【山坡羊】有许多都用来写世态人情，隐含讽喻之旨，此选乔吉所作【山坡羊】亦然。

②鹏抟（tuán）九万：《庄子·逍遥游》："鹏之徙于南冥也，水击三千里，抟扶摇直上者九万里。"抟，盘旋，形容大鹏起飞时卷起一阵旋风。这里是比喻仕途发迹，扶摇直上。

③"腰缠"两句：南朝梁殷芸《殷芸小说》："有客相从，各言所志：或愿为扬州刺史，或愿多资财，或

愿骑鹤上升。有一人曰：'腰缠十万贯，骑鹤上扬州。'欲兼三者。"这里指富贵功名都称心如意。

④"事间关"三句：是说世事曲折多变，转眼由盛而衰。一旦黄金散尽，英雄也难免穷途之叹。情有曲折，不顺利。

⑤世情：指世态炎凉。这里化用杜甫诗句"世情恶衰歇，万事随转烛"。

⑥"白，也是眼"四句：传说晋代阮籍能作青白眼，青眼就是用黑眼珠看人，表示尊重或喜爱；白眼就是不露黑眼珠，表示轻视或憎恶（见《晋书·阮籍传》）。这里是指人情冷暖，世间以势力眼居多，富贵时青眼相看，贫穷时白眼相加。

⑦"痴儿"句：指迷恋名利的人不明白世间盛衰荣枯事。

⑧宠花枝：指好女色。

⑨招状纸：指犯人招供认罪的供状文书。这里指买官罪状最终败露。

【越调·天净沙】
即事①

莺莺燕燕春春②，花花柳柳真真③，事事风风韵韵④，娇娇嫩嫩，停停当当人人⑤。

【注释】

①"即事"即就眼前事物为题写作，乔吉的这首"即

乔吉

一一九

事"全以叠词组织，颇为工巧。

②莺莺燕燕：此以"莺燕"比喻天真活泼的少女。姜夔【踏莎行】："燕燕轻盈，莺莺娇软，分明又向华胥见。"

③花花柳柳：旧指冶艳女郎或妓女。

④风风韵韵：本指一个人的风度和韵致，后多以形容妇女的风流神态。

⑤停停当当：形容体态、动作的优美。

赵善庆

赵善庆，字文宝，一作"文贤"，饶州乐平（今江西乐平）人。生平不详。善卜术，曾任阴阳学正。他游历甚广，先后到过西安、奉节、长沙、湘阴、镇江、杭州等地。所作杂剧今知有《七德舞》、《糜竺收资》、《教女兵》、《姜肱共被》、《掷笏谏》、《醉写〈满庭芳〉》、《负亲沉子》、《村学堂》等八种，皆已失传。今存小令二十九首。

【中吕·山坡羊】
燕子①

来时春社，去时秋社②，年年来去搬寒热。语喃喃③，忙劫劫④，春风堂上寻王谢⑤，巷陌乌衣夕照斜⑥。兴，多见些；亡，都尽说⑦。

长安怀古

骊山横岫⑧，渭水环秀，山河百二还如旧⑨。狐兔悲，草木秋，秦宫隋苑徒遗臭，唐阙汉陵何处有？山，空自愁；河，空自流。

【注释】

①赵善庆的这两首【中吕·山坡羊】作为咏史之曲，都是古今映照，借古讽今，感慨良深。

②春社：在立春后、清明前，相传燕子这时从南方飞来。秋社：一般在立秋后第五个戊日，相传燕子在这个时候回南方去。

③喃喃：拟声词，燕子的叫声。

④劫劫：犹"汲汲"，急切貌。韩愈《贞曜先生墓志铭》："人皆劫劫，我独有馀。"

⑤王谢：代指高门贵族。刘禹锡《乌衣巷》诗："旧时王谢堂前燕，飞入寻常百姓家。"

⑥巷陌乌衣：乌衣巷，在金陵城内，是东晋时王、谢两家豪门贵族聚居的地方。刘禹锡《乌衣巷》诗："乌衣巷口夕阳斜。"

⑦"兴，多见些"两句：言多次看到豪门大族的沉浮

兴亡之事。

⑧骊山:在今陕西临潼东南。岫(xiù):山。

⑨山河百二:喻地势险要。《史记·高祖本纪》:"秦,形胜之国,带山河之险,县隔千里,持戟百万,秦得百二焉。"苏林注云:"秦地险固,二万人足当诸侯百万人也。"

【双调·庆东原】
泊罗阳驿①

砧声住,蛩韵切②,静寥寥门掩清秋夜。秋心凤阙③,秋愁雁堞④,秋梦蝴蝶⑤。十载故乡心,一夜邮亭月⑥。

【注释】

①罗阳驿:"驿"是古代官办的交通站点,为过往官吏提供食宿和换乘的马匹。"罗阳"未详。

②蛩(qióng)韵切:蟋蟀的叫声悲切。蛩,蟋蟀。

③秋心凤阙:比喻自己的功名之心已衰退。凤阙,指代朝廷。

④秋愁雁堞(dié):是说雁阵勾引起乡愁。堞,城上矮墙。"雁堞"等于说"雁阵"。

⑤秋梦蝴蝶:借用庄周梦蝶的典故。

⑥"十载故乡"两句:意谓长年漂泊在外,思念家乡;今夜驿站的月色下,思乡之心尤切。邮亭,即驿站。

【越调·凭栏人】
春日怀古

铜雀台空锁暮云①，金谷园荒成路尘。转头千载春，断肠几辈人。

【注释】

①"铜雀台"句：言铜雀台已经荒废。铜雀台，在今河北漳县，据说为曹操所建。《三国志·魏武帝纪》："建安十五年冬，作铜雀台。"

马谦斋

　　马谦斋，生平不详。张可久有【天净沙】"马谦斋园亭"一首，可知其约与张可久同时。从现存散曲作品的生活背景看，他曾在大都（今北京）、上都（故址在今内蒙古正蓝旗闪电河北岸）等地为官，在京华帝里、风雪边塞有过一段时期高堂玉马、红巾翠袖的富贵生涯。后来退隐，寓居杭州。今存小令十七首。

【中吕·快活三过朝天子四边静】
冬①

【快活三】李陵台②，草尽枯。燕然山，雪平铺。朔风吹冷到天衢③，怒吼千林木。【朝天子】玉壶，画图，费尽江山句。苍髯脱玉翠光浮，掩映楼台暮。画阁风流，朱门豪富，酒新香，开瓮初④。毡帘款籁⑤，橙香缓举，半醉偎红玉。【四边静】相对红炉，笑遣金钗剪画烛⑥。梅开寒玉⑦，清香时度。何须蹇驴，不必前村去⑧。

【注释】

①马谦斋【快活三过朝天子四边静】四首，分咏春、夏、秋、冬四季，可能为其早年上都时富贵生涯的写照，遒劲洒脱，今选其咏冬一首。

②李陵：汉初名将李广之后，善射。尝率军与匈奴战，粮乏而救兵不至，因而投降匈奴。

③天衢：天街。这里指代上都。

④开瓮初：酒瓮刚打开。

⑤款籁（lài）：轻轻的吹奏籁。籁，古代的一种管乐器，三孔。

⑥金钗：这里指代侍妾。

⑦寒玉：指代雪。

⑧"何须蹇驴"句：唐孟浩然、贾岛、李贺等著名诗人，都有策蹇驴、踏风雪的典故，故云。

【越调·柳营曲】
叹世

手自搓，剑频磨^①，古来丈夫天下多。青镜摩挲，白首蹉跎^②，失志困衡窝^③。有声名谁识廉颇^④，广才学不用萧何^⑤。忙忙的逃海滨，急急的隐山阿^⑥。今日个，平地起风波^⑦。

【注释】

①剑频磨：喻胸怀壮志，准备大显身手。贾岛《述剑》诗："十年磨一剑，霜刃未曾试。今日把示君，谁有不平事？"

②"青镜摩挲"两句：言对镜自照，白发欺人。青镜，青铜镜。摩挲，抚摩。蹉跎，虚度光阴。

③衡窝：隐者居住的简陋房屋。

④廉颇：战国时赵国的良将。因被遭谗言逃至魏国，赵王以屡次受到秦兵的侵略，想重新起用他，派使者去了解廉颇的健康情况。廉颇食斗米，肉十斤，被甲上马，以示可用。但使者还报王曰："'廉将军虽老，尚善饭，然与臣坐顷之，三遗矢矣。'赵王以为老，遂不召。"事见《史记·廉颇蔺相如列传》。辛弃疾《永遇乐·京口北固亭怀古》："凭谁问，廉颇老矣，尚能饭否？"这里用其意。

⑤萧何：汉高祖的开国元勋。

⑥山阿：大的山谷。

⑦风波：借指凶险的仕途。

【双调·水仙子】
咏竹①

贞姿不受雪霜侵，直节亭亭易见心。渭川风雨清吟枕②，花开时有凤寻③。文湖州是个知音④：春日临风醉，秋宵对月吟，舞闲阶碎影筛金。

【注释】

①魏晋以来，文人多喜竹，竹亦成为文人画的重要题材，此曲亦是借竹言志。

②"渭川"句：指渭河风雨使诗人在枕上神志清爽地构思诗作。

③"花开"句：当竹子开花时就会引来凤凰。按，相传凤凰为百鸟之王，《庄子·秋水》有"（凤凰）非梧桐不止，非练实（竹实）不食，非醴泉不饮"。

④文湖州：宋代画家文同，字与可，做过湖州太守，擅长画竹。"胸有成竹"的成语即出在他身上。

【双调·沉醉东风】
自悟

取富贵青蝇竞血，进功名白蚁争穴①。虎狼丛甚日休②，是非海何时彻③？人我场慢争优劣④，免使傍人做话说，咫尺韶华去也⑤。

【注释】

①青蝇竞血、白蚁争穴：都比拟人世间的名利之争。

李公佐《南柯太守传》言槐安国与檀萝国为了争夺蚁穴，大动干戈，伏尸无数。后来汤显祖把它敷演成《南柯记》，说是"纷纷蚁队重围解，冉冉尘飞杀气开"，"穿东涧，抢南柯"，真是一场恶战。

②虎狼丛：比喻残暴贪婪的官场。

③"是非海"句：比喻人世间无穷无尽的是非纠纷之争。是非，纠纷，矛盾。彻，完，尽。

④"人我场"句：谓人我相互排挤、竞争的尘世。慢，同"谩"，徒劳。

⑤咫尺韶华：犹言光阴短暂。咫，长度名，周制八寸。韶华，喻美好的时光。

张可久

张可久（一作"久可"），字小山，庆元（今浙江鄞县）人。约生于至元初（1270年前），卒于至正初（1340年后），曾任路吏转首领官，又曾为桐庐典史等小吏，还做过昆山县幕僚。元至正初七十馀岁时，仍任昆山幕僚，至正八年（1348）尚在世。一生陈抑下僚，仕途上不很得意。平生好遨游，足迹遍江南各地，晚年居杭州。张小山与卢挚、贯云石等人唱和颇多。有《苏堤渔唱》、《小山北曲联乐府》等散曲集。今存小令八百五十五首，套数九篇，为元人中存散曲最多者。内容以表现闲逸情怀为主。钱惟善《送小山之桐庐典史》诗云其"公幹才名倾邺下，小山词赋擅江南"。刘熙载《艺概》云："元张小山、乔梦符为曲家翘楚。"

【双调·折桂令】
湖上即事叠韵①

锦江头一掬清愁②，回首盟鸥。杨柳汀洲，俊友吴钩。晴秋楚岫③，退叟齐丘。赋远游黄州竹楼，泛中流翠袖兰舟。檀口歌讴④，玉手藏阄，诗酒觥筹⑤，邂逅绸缪⑥，醉后相留。

【注释】

①叠韵体为元曲巧体之一。叠韵体都是一句中重叠用韵（如本曲首句中的头、愁，次句中的首、鸥），可重叠两次或三次，不似短柱体那样须步步重韵。

②掬：用两手捧（东西）。

③岫（xiù）：小山。

④檀口歌讴（ōu）：用檀板击节歌唱。

⑤觥（gōng）：盛酒用的器皿。筹：古代投壶所用的矢。

⑥邂逅绸缪（chóumóu）：是说偶然相识即彼此有情，相处欢洽。

【中吕·朝天子】
山中杂书

醉馀，草书，李愿盘谷序①。青山一片范宽图②，怪我来何暮。鹤骨清癯③，蜗壳蘧庐④，得安闲心自足。蹇驴⑤，和酒壶，风雪梅花路。

春思

见他，问咱⑥，怎忘了当初话。东风残梦小窗纱，月冷秋千架。自把琵琶，灯前弹罢，春深不到家。五花，骏马⑦，何处垂杨下⑧。

【注释】

①李愿盘谷序：韩愈有《送李愿归盘谷序》一文，言盘谷"泉甘而土肥"，是"隐者之所盘旋"的地方。此处用以指代自己欣赏的隐居生活。

②范宽：字中立，北宋著名的山水画家。陆游《初冬杂题》诗："身在范宽图画里，小楼西角剩凭阑。"

③鹤骨清癯（qú）：言清瘦如鹤骨之嶙峋。清癯，清瘦。

④蜗壳：喻狭小如蜗牛壳的圆形屋子。三国时焦先和杨沛作圆舍，形如蜗牛壳，称为"蜗牛庐"。蘧（qú）庐：用竹子或苇子搭成的简陋房屋。

⑤蹇（jiǎn）驴：劣驴。唐孟浩然、贾岛、李贺等著名诗人，都有策蹇驴、踏风雪的典故。

⑥咱：元代口语中的助词，相当于现代汉语中的"着"。

⑦五花，骏马：唐人把马鬃剪成三簇的叫"三花"，剪成五簇的叫"五花"。李白《将进酒》："五花马，千金裘，呼儿将出换美酒，与尔同销万古愁。"

⑧何处垂杨下：王维《少年行》："相逢意气为君饮，系马高楼垂柳边。"这里化用其意。

【双调·庆东原】
次马致远先辈韵①

门长闭，客任敲，山童不唤陈抟觉②。袖中《六韬》③，鬓边二毛④，家里箪瓢⑤。他得志笑闲人，他失脚闲人笑。

又

难开眼，懒折腰⑥，白云不应蒲轮召⑦。解组汉朝⑧，寻诗灞桥，策杖临皋⑨。他得志笑闲人，他失脚闲人笑。

【注释】

①马致远：为元曲四大家之一，其介绍见前。张可久【双调·庆东原】"次马致远韵"凡九首，今选其中之二。

②陈抟（tuán）：北宋初著名的道士，以好睡闻名。马致远曾经写过杂剧《陈抟高卧》。

③《六韬》：古代兵书，相传为吕尚（姜子牙）所作。

④鬓边二毛：两鬓的花白头发。庾信《哀江南赋序》："信年始二毛，即逢丧乱。"

⑤家里箪（dān）瓢：喻清贫的生活。《论语·雍也》："一箪食，一瓢饮，在陋巷，人不堪其忧，回也不改其乐。"

⑥折腰：喻卑躬屈节。李白《梦游天姥吟留别》："安能摧眉折腰事权贵，使我不得开心颜。"

⑦"白云"句：不接受隆重的征召。蒲轮，用蒲草裹

着车轮，以免颠簸。《汉书·武帝纪》："遣使者安车蒲轮，束帛加璧，征鲁申公。"

⑧解组：解下印绶，辞去官职。汉朝：不敢明指当代，乃以"汉"代当代。

⑨策杖临皋：陶渊明在《归去来辞》中，有"策扶老以流憩，时矫首而遐观""登东皋以舒啸，临清流而赋诗"的语句，此用其句意，以抒发其闲适生活的情趣。

【中吕·卖花声】
怀古

阿房舞殿翻罗袖①，金谷名园起玉楼②，隋堤古柳缆龙舟③。不堪回首，东风还又④，野花开暮春时候。

又

美人自刎乌江岸⑤，战火曾烧赤壁山⑥，将军空老玉门关⑦。伤心秦汉⑧，生民涂炭⑨，读书人一声长叹。

【注释】

①阿房：旧读 ēpáng。秦始皇三十五年（前212），征发刑徒七十馀万修阿房宫及郦山陵。阿房宫穷极侈俪，仅前殿即"东西五百步，南北五十丈；上可以坐万人，下可以建五丈旗"（见《史记·秦始皇本纪》），但实际上没有全部完工。全句大意是说，当

年秦始皇曾在华丽的阿房宫里观赏歌舞，尽情享乐。

②金谷名园：在河南洛阳西面，是晋代大官僚大富豪石崇的别墅，其中的建筑和陈设也异常奢侈豪华。

③隋堤古柳：隋炀帝开通济渠，沿河筑堤种柳，称为"隋堤"，即今江苏以北的运河堤。缆龙舟：指隋炀帝沿运河南巡江都（今江苏扬州）事。

④东风还又：又吹起了东风。

⑤"美人"句：秦末楚汉相争，最终项羽在垓下（今安徽灵璧东南）被汉军围困，夜闻四面楚歌，他在帐中悲歌痛饮，与美人虞姬诀别，然后乘夜突出重围。在乌江（今安徽和县东）又被汉军追上，于是自刎而死。这里说美人自刎乌江，乃用此典。

⑥"战火"句：指东汉末年的赤壁之战。赤壁在今湖北嘉鱼境。公元208年，孙、刘联军曾以火攻击败曹军。

⑦"将军"句：指东汉班超因久在边塞镇守，年老思乡事。详见张养浩【双调·沉醉东风】曲注释②。

⑧秦汉：泛指前朝各代。

⑨涂炭：比喻受灾受难。涂，泥涂。炭，炭火。

【双调·水仙子】
红指甲①

玉纤弹泪血痕封，丹随调酥鹤顶浓。金炉拨火香云动，风流千万种。捻胭脂娇晕重重，扶海棠梢头露，按桃花扇底风，托香腮数点残红。

【注释】

①诗词中皆有咏物一体，唯未见有咏指甲、黑痣一类，元曲既不避俚俗，其趣味不高者亦所在多有，录此以备一格。张小山此曲亦只其遣词之工巧，趣味格调则与花间词略同。

【黄钟·人月圆】
春日次韵①

罗衣还怯东风瘦，不似少年游。匆匆尘世，看看镜里，白了人头。片时春梦，十年往事②，一点诗愁。海棠开后，梨花暮雨，燕子空楼③。

【注释】

①元曲小令在许多曲家那里已显著词化，张小山所作的这首【人月圆】可见一斑。

②"片时春梦"两句：杜牧《遣怀》诗云："落魄江湖载酒行，楚腰纤细掌中轻。十年一觉扬州梦，赢得青楼薄幸名。"此借用其意。

③燕子空楼：唐张建封曾纳盼盼于燕子楼，后张建封死，盼盼空守不他适。此亦借用其典。

【中吕·朝天子】
和贯酸斋①

小诗，半纸，几个相思字，两行清泪破胭脂。镜里人独自。燕子莺儿，蜂媒蝶使，正春光明媚时。柳枝，翠丝，萦系煞心间事②。

席上有赠③

教坊④，色长⑤，曾侍宴丹墀上⑥，可怜新燕妒新妆。高髻堆宫样⑦。芍药多情，海棠无香⑧，花不如窈窕娘。锦囊⑨，乐章⑩，分付向樽前唱。

【注释】

①张小山在杭州时，常为贯云石、卢挚等人宴席上的清客，故与贯云石等唱和颇多，此即其中之一。不过此曲代闺阁女子言相思，颇为传神。

②煞：甚，非常。

③此曲反映了宋元时代教坊歌伎的生活情形，尤为可贵。

④教坊：古代国家和地方专管音乐、歌舞类的机构。

⑤色长：教坊中各类艺人的头目。

⑥丹墀（chí）：古代宫殿前的台阶都以红色涂饰，故名。又称"丹陛"。岑参《寄左省杜拾遗》诗："联步趋丹陛，分曹限紫微。"

⑦宫样：宫廷中流行的式样。

⑧"芍药多情"两句：秦观《春日》诗云："一夕轻雷落万丝，霁光浮瓦碧差差。有情芍药含春泪，无力蔷薇卧晓枝。"

⑨锦囊：用锦做成的袋子，古代多用来盛诗稿或机密文字。

⑩乐章：即词章。

【中吕·满庭芳】
山中杂兴①

人生可怜，流光一瞬②，华表千年③。江山好处追游遍，古意翛然④。琵琶恨青衫乐天⑤，洞箫寒赤壁坡仙⑥。村酒好溪鱼贱，芙蓉岸边，醉上钓鱼船。

又

风波几场⑦，急疏利锁，顿解名缰。故园老树应无恙，梦绕沧浪⑧。伴赤松归软子房⑨，赋寒梅瘦却何郎⑩。溪桥上，东风暗香，浮动月昏黄⑪。

【注释】

①张小山所作【满庭芳】多寓归隐之趣，此选其中之二。

②流光一瞬：言光阴如流水般转瞬逝去。

③华表千年：《搜神后记》载，传说丁令威在灵虚山学道成仙后，化鹤归来，落于城门华表柱上。有少年欲射之，鹤乃飞鸣作人言："有鸟有鸟丁令威，去家千年今始归。城郭如故人民非，何不学仙冢累累。"华表，古代竖立在宫殿、城垣或陵墓前的石柱。

④翛（xiāo）然：无拘无束、自由自在的样子。

⑤"琵琶恨"句：白居易，字乐天。其《琵琶行》长诗末云："座中泣下谁最多，江州司马青衫湿。"

⑥"洞箫寒"句：苏轼，号东坡，人们呼为"坡仙"。他在黄州贬所曾经与客泛舟游于赤壁之下，并作了前、后《赤壁赋》。其《前赤壁赋》有："客有吹洞

箫者，倚歌而和之。其声呜呜然，如怨如慕，如泣如诉；馀音袅袅，不绝如缕。"此用其事。

⑦风波：指人世间的是非沉浮。

⑧沧浪：这里指避世隐居。《楚辞·渔父》："渔父莞尔而笑，鼓枻而去，歌曰：'沧浪之水清兮，可以濯吾缨；沧浪之水浊兮，可以濯吾足。'"王逸《楚辞章句》："渔父避世隐身，钓鱼江滨，欣然自乐。"

⑨"伴赤松"句：赤松，指赤松子，传说中的仙人。《史记·留侯世家》："（张良）愿弃人间事，欲从赤松子游耳。"子房，即张良。

⑩"赋寒梅"句：何郎，指何逊，南朝梁著名的文学家，有《咏早梅》。瘦却，因日夕吟咏而瘦。

⑪"东风暗香"两句：林逋《山园小梅》诗有"疏影横斜水清浅，暗香浮动月黄昏"，此借用林诗诗意。

【中吕·齐天乐过红衫儿】
道情①

【齐天乐】人生底事辛苦②，枉被儒冠误③。读书，图，驷马高车④，但沾着者也之乎⑤。区区⑥，牢落江湖⑦，奔走在仕途。半纸虚名，十载功夫。人传《梁甫吟》⑧，自献《长门赋》⑨，谁三顾茅庐。【红衫儿】白鹭洲边住，黄鹤矶头去⑩，唤奚奴⑪，鲙鲈鱼，何必谋诸妇⑫。酒葫芦，醉模糊，也有安排我处。

【注释】

①道情：本是唐宋以来民间流行的宣扬道家出世思想的曲艺表演，元曲家亦有以之为题者。

②底事：何事。

③儒冠：古时读书人戴的帽子。杜甫《奉赠韦左丞二十二韵》诗有："纨袴不饿死，儒冠多误身。"

④驷（sì）马高车：古代显贵者所乘的车。驷，一车四马。

⑤者也之乎：古汉语中的虚词，这是嘲讽旧知识分子的咬文嚼字。

⑥区区：微小。

⑦牢落：没有寄托，四处奔走的样子。陆机《文赋》："心牢落而无偶。"

⑧《梁甫吟》：乐府楚调曲名。一作"梁父"，今所传古辞，写齐相婴晏以二桃杀三士，传为诸葛亮所作。《三国志·诸葛亮传》："亮躬耕垄亩，好为梁父吟。"

⑨《长门赋》：司马相如《长门赋序》："孝武皇帝陈皇后，时得幸，颇妒，别在长门宫，愁闷悲思。闻蜀郡成都司马相如天下工为文，奉黄金百斤，为相如、文君取酒，因于解悲愁之辞，而相如为文以悟主上，陈皇后复得亲幸。"按，史传则没有陈皇后复得亲幸的记载，此序虽见于《昭明文选》，疑为后人伪托。

⑩白鹭洲、黄鹤矶：白鹭洲在南京水西门外，黄鹤矶在武昌蛇山。此是写他遨游了长江流域的名胜

古迹。

⑪奚奴：小仆人。

⑫"鲙（kuài）鲈鱼"两句：把鲈鱼细切烹调。鲙，
　"脍"的异体字。这是化用苏轼《后赤壁赋》的话。
　赋云："客曰：'今者薄者，举网得鱼，巨口细鳞，
　状似松江之鲈。顾安所得酒乎？'归而谋诸妇。妇
　曰：'我有斗酒，藏之久矣，以待子不时之需。'"

【越调·寨儿令】
次韵①

你见么，我愁他，青门几年不种瓜②。世味嚼
蜡，尘事抟沙，聚散树头鸭③。自休官清煞陶家，
为调羹俗了梅花④。饮一杯金谷酒⑤，分七碗玉川
茶⑥。嗏⑦，不强如坐三日县官衙。

【注释】

①张可久所作【寨儿令】二十首，多些隐逸情怀，此
　选其中之一。

②"青门"句：用西汉邵平在长安城东门种瓜的典故。

③"世味嚼蜡"三句：是说人生无味，人事不可捉摸，
　聚散无常。嚼蜡，比喻无味。抟（tuán）沙，捏沙
　成团。

④"为调羹"句：梅子味酸，古人常用为调味品。《尚
　书·说命》："若作和羹，尔惟盐梅。"后常用"盐
　梅"喻宰相或职权相当于宰相之人。这里是说梅花

本是清雅之物，如作调羹之用，就显得俗了。此句是保持隐士的清高品格，不愿做官。

⑤金谷酒：晋石崇在洛阳附近造金谷园别墅，常在园中宴饮，即席赋诗，赋诗不成者，罚酒三杯。

⑥七碗玉川茶：唐代诗人卢仝，号玉川子，喜饮茶。其《走笔谢孟谏议寄新茶》诗有："一碗喉吻润，两碗破孤闷，三碗搜枯肠，唯有文字五千卷。四碗发轻汗，平生不平事，尽向毛孔散。五碗肌骨清，六碗通仙灵。七碗吃不得也，唯觉两腋习习清风生。蓬莱山在何处，玉川子乘此清风。"

⑦嗏（chā）：语气词。

任 昱

　　任昱（yù），字则明，四明（今浙江宁波）人。生卒年不详。约与张可久、曹名善等同时。年轻时喜狎游平康，写过很多小曲，流传歌伎间。从其《隐居》曲可知，任昱曾作为一"布衣"往来于苏、杭。晚年锐志读书，擅长五言诗。现存小令五十九首，套数一篇。

【正宫·小梁州】
湖上分韵得玉字①

波涵玉镜浸清晖，鸣玉船移，玉箫吹过画桥西②。玉泉内，玉树锦云迷。【幺】③玉楼帘幕香风细，玉阑干杨柳依依。飞玉觞，留玉佩，玉人沉醉。花外玉骢嘶。

【注释】

①嵌字体为元曲巧体之一，本曲每句嵌一"玉"字。

②玉箫：据说秦穆公有女字美玉，善吹箫，引来凤凰，后随凤凰飞去。

③【幺】：北曲后一曲与前调相同，则称"幺"或"幺篇"。幺：即又。词大多两片，而南北曲一般单片，所以任昱两支【小梁州】连用，且内容密切关联，几成为一首词。

【中吕·上小楼】
隐居

荆棘满途①，蓬莱闲住②。诸葛茅庐③，陶令松菊④，张翰莼鲈⑤。不顺俗，不妄图⑥，清高风度⑦。任年年落花飞絮。

【注释】

①荆棘满途：比喻仕途险恶。

②蓬莱：传说中为神仙所居之地，此用来比喻自己的

隐居之地。

③诸葛茅庐：诸葛亮年轻时隐居南阳，住茅屋，亲自耕种。

④陶令松菊：陶渊明喜种松菊，其《归去来辞》有："三径就荒，松菊犹存。"

⑤张翰莼鲈：见前姚燧【中吕·醉高歌】注④。按，以上三句都是以古人自比。

⑥妄图：妄想。

⑦清高风度：清雅高洁的风度。

【南吕·金字经】
重到湖上

碧水寺边寺，绿杨楼外楼①，闲看青山云去留。鸥，飘飘随钓舟。今非旧，对花一醉休②。

【注释】

①楼外楼：林升《题临安邸》诗有"山外青山楼外楼，西湖歌舞几时休"。林诗隐含讽喻之旨，此虽借用其典，但寓意恰相反。

②休：罢了。此句可能指面向美人一醉方休。

【双调·沉醉东风】
信笔

有待江山信美①，无情岁月相催。东里来②，西邻醉，听渔樵讲些兴废。依旧中原一布衣③，更休想麒麟画里④。

【注释】

①信美：的确很美。

②东里：东边的邻里。与下句的"西邻"为对，"邻"、
"里"互文。

③布衣：平民。《盐铁论·散不足》："古者庶人耄老而
后衣丝，其馀则麻枲而已，故命曰布衣。"后来多
称没有做官的读书人。

④麒麟画：汉宣帝时曾图画功臣霍光等于麒麟阁上，
后因以"麒麟画"喻最高的荣誉和功勋。

徐再思

徐再思，字德可，嘉兴（今属浙江）人。生卒年不详。曾任嘉兴路吏。滑稽多智，与贯云石、张可久等约同时。平生好吃甜食，故自号"甜斋"，贯云石号"酸斋"，二人并擅乐府，后人将二人的作品合辑，称《酸甜乐府》。现存散曲有小令一百零三首，内容多是江南风物和闺情。近人任讷《酸甜乐府序》云："甜斋之作，虽以清丽为质，而实无背于曲之所以为曲。"

【双调·沉醉东风】
春情①

一自多才间阔②，几时盼得成合。今日个猛见他，门前过，待唤着怕人瞧科③。我这里高唱当时水调歌，要识得声音是我。

【注释】

①徐再思以"春情"为题的曲有很多，这一首于人物性情、心理的描写都极其生动。

②多才：多才郎君。间阔：久别。

③瞧科：瞧见。

【双调·蟾宫曲】
春情

平生不会相思，才会相思，便害相思。身似浮云，心如飞絮，气若游丝①。空一缕馀香在此，盼千金游子何之②。症候来时③，正是何时。灯半昏时，月半明时。

【注释】

①游丝：空中漂浮的珠丝。这里比喻气息微弱。

②何之：到哪里去。之，往。

③症候：疾病。这里指相思的痛苦。

【仙吕·一半儿】

病酒

昨霄中酒懒扶头①,今日看花惟袖手,害酒愁花人问羞。病根由,一半儿因花一半儿酒②。

落花

河阳香散唤提壶③,金谷魂消啼鹧鸪④,隋苑春归闻杜宇⑤。片红无,一半儿狂风一半儿雨。

春情

眉传雨恨母先疑,眼送云情人早知,口散风声谁唤起。这别离,一半儿因咱一半儿你。

【注释】

①扶头:古人于卯时饮酒称为"扶头酒"。贺铸【南乡子】:"易醉扶头酒,难逢敌手棋。"

②"一半儿"句:这里是以调侃的语气说因酒色伤身。

③"河阳"句:晋潘岳为河阳县令,于县境内遍植桃李,时人称为"花县"。庾信《春赋》:"河阳一县并是花。"提壶,鸟名。它的鸣声像"提壶",因以为名。

④"金谷"句:《晋书·石崇传》载,石崇有妓名绿珠,美而艳,孙秀使人求之,拒不许。秀乃矫诏收崇,绿珠亦自投楼而死。唐代著名诗人杜牧在《金谷园》诗中说:"繁华事散逐香尘,流水无情草自春。日暮东风怨啼鸟,落花犹似坠楼人!"这里是化用其意。

⑤隋苑:故址在今江苏扬州西北,系隋炀帝所建。杜

宇：即杜鹃鸟。

【双调·水仙子】
夜雨①

一声梧叶一声秋②，一点芭蕉一点愁③，三更归梦三更后。落灯花，棋未收④，叹新丰孤馆人留⑤。枕上十年事⑥，江南二老忧⑦，都到心头。

【注释】

①徐再思的这首【水仙子】有意组织数字成篇，颇见工巧。

②"一声梧叶"句：温庭筠【更漏子】："梧桐树，三更雨，不道离情正苦。一叶叶，一声声，空阶滴到明。"这里是概括其词意。

③"一点芭蕉"句：杜牧《芭蕉》诗："芭蕉为雨移，故向窗前种。怜渠点滴声，留得归乡梦。梦远莫归乡，觉来一翻动。"此取其意境。

④落灯花，棋未收：赵师秀《有约》诗："有约不来过夜半，闲敲棋子落灯花。"

⑤新丰：故址在今陕西临潼北。汉刘邦定都关中，因其父太公思归故乡，乃仿丰地街道筑城，徙诸故旧于此，使太公居之，乃大悦，且更地名曰"新丰"（见《史记·高祖本纪》）。这里暗用马周在新丰被店主冷落的故事。

⑥枕上十年事：此用黄庭坚【虞美人】（宜州见梅作）

"平生个里愿怀深，去国十年老尽少年心"的词意。

⑦江南：因作者家在江南，故云。二老：双亲。

【双调·卖花声】

雪儿娇小歌《金缕》①，老子婆娑倒玉壶②，满身花影倩人扶③。昨宵不记，雕鞍归去，问今朝酒醒何处④。

又

云深不见南来羽⑤，水远难寻北去鱼⑥，两年不寄半行书。危楼目断⑦，云山无数，望天涯故人何处。

【注释】

①雪儿：唐代有名的艺妓，后成为李密的爱姬。《金缕》：曲名。

②婆娑：盘旋舞蹈的样子。玉壶：珍贵的壶。辛弃疾《感皇恩·寿范倅》："一醉何妨玉壶倒。"

③"满身"句：陆龟蒙《和袭美春夕酒醒》："觉后不知新月上，满身花影倩人扶。"此用其句意。

④"问今朝"句：柳永【雨霖铃】："今宵酒醒何处，杨柳岸、晓风残月。"此用其意。

⑤南来羽：南来雁。古有"鱼雁传书"的故事，故云。

⑥北去鱼：指送信的使者。汉乐府《饮马长城窟行》："呼儿烹鲤鱼，中有尺素书。长跪读素书，书中竟何如。"后因以书传信或书人为"鱼书"或"鱼雁"。

⑦危楼：高楼。目断：目力所及。

【黄钟·人月圆】
甘露怀古①

江皋楼观前朝寺②，秋色入秦淮③。败垣芳草，空廊落叶，深砌苍苔④。远人南去，夕阳西下，江水东来。木兰花在，山僧试问⑤：知为谁开？

【注释】

①甘露：指甘露寺，在今江苏镇江北固山北峰，相传为三国孙吴时所建。这首怀古之曲，风味与一般诗词略同。

②江皋（gāo）：水边的高地。观（guàn）：寺庙建筑。

③秦淮：即秦淮河，经南京流入长江。这里借指江南地区。

④深砌苍苔：高高的台阶下长满青苔。

⑤山僧试问：意即"试问山僧"。

【双调·清江引】
相思①

相思有如少债的，每日相催逼。常挑着一担愁，准不了三分利，这本钱见他时才算得。

【注释】

①徐再思的这首【清江引】借用讨债人的心态比拟男女相思之苦，构思巧妙，颇见谐趣。

宋方壶

宋方壶，名子正，华亭（今属上海市）人。生平不详。尝于华亭莺湖辟房数间，昼夜长明，如洞天状，名曰"方壶"，因以为号。宋方壶日坐其中，吟咏自适。

【中吕·山坡羊】
道情

青山相待，白云相爱，梦不到紫罗袍共黄金带①。一茅斋，野花开，管甚谁家兴废谁成败，陋巷箪瓢亦乐哉②。贫，气不改；达，志不改③。

【注释】

①紫罗袍：古代高级官员的服装。这里指代高官厚禄。

②陋巷箪（dān）瓢：指代质朴简单的生活。《论语·雍也》有："一箪食，一瓢饮，在陋巷，人不堪其忧，回也不改其乐。"

③"贫，气不改"两句：《论语·学而》有："贫而无谄，富而无骄。"《论语·子罕》有："三军可夺帅也，匹夫不可夺志也。"《孟子·滕文公下》有："富贵不能淫，贫贱不能移，威武不能屈，此之谓大丈夫。"这两句话，是上述引文的概括。

【双调·水仙子】
居庸关中秋对月

一天蟾影映婆娑①，万古谁将此镜磨②。年年到今宵不缺些儿个③，广寒宫好快活④，碧天遥难问姮娥⑤。我独对清光坐⑥，闲将白雪歌⑦，月儿你团圆我却如何。

【注释】

①蟾影：月影。相传月中有蟾蜍，故以"蟾"为"月"的代称。婆娑：形容月中桂树影子盘旋舞动的样子。

②此镜：月形圆、明亮，故比为镜。

③些儿个：元人口语，一点儿。

④广寒宫：传说唐明皇游月中，见一大宫殿，曰"广寒清虚之府"。见《龙城录·明皇梦游广寒宫》。后人因称月宫为"广寒宫"。

⑤"碧天遥"句：姮娥，即嫦娥，相传因偷食西王母仙药后奔月。

⑥清光：清冷而明亮的月光。

⑦白雪歌：相传为古代楚国高雅的乐曲。宋玉《对楚王问》有云："客有歌于郢中者，其始曰《下里》、《巴人》，国中属而和者数千人……其为《阳春》、《白雪》，国中属而和者不过数十人。"

【中吕·红绣鞋】
阅世

短命的偏逢薄幸，老成的偏遇真成，无情的休想遇多情。懵懂的怜瞌睡①，鹘伶的惜惺惺②，若要轻别人还自轻。

【注释】

①懵（měng）懂：痴呆，不晓事。怜：爱怜，喜欢。

瞌睡：糊涂，混日子。

②鹘（hú）伶：精灵的，狡猾的。惺惺：机警的，聪明的。

【双调·清江引】
托咏

剔秃圞一轮天外月①，拜了低低说。是必常团圆②，休着些儿缺。愿天下有情底似你者。

【注释】

①剔秃圞（luán）：元人俗语，特别圆。

②是必：务必，必须。

孙周卿

孙周卿（？—约1330），古邠（今陕西邠县）人，一说汴京（今河南开封）人。曾做官，后归隐湘中。今存散曲小令二十三首，多隐居、游宴及闺情之作。

【双调·水仙子】
舟中①

孤舟夜泊洞庭边，灯火青荧对客船②。朔风吹老梅花片③，推开篷雪满天，诗豪与风雪争先④。雪片与风鏖战⑤，诗和雪缴缠⑥，一笑琅然⑦。

山居自乐

朝吟暮醉两相宜，花落花开总不知。虚名嚼破无滋味⑧，比闲人惹是非，淡家私付山妻⑨。水碓里春来米⑩，山庄上线了鸡⑪，事事休提。

【注释】

①孙周卿【水仙子】原作六首，皆以隐居生活为题，今选其中之二。

②青荧：青色而微弱的灯光。

③朔风：北风。

④诗豪：写诗的豪兴。

⑤鏖（áo）战：激战。

⑥缴缠：纠缠。

⑦琅然：形容声音响亮。

⑧"虚名"句：是说看破红尘，了无趣味。

⑨淡家私：指家产少，很清贫。

⑩水碓（duì）：利用水力春米的器具。来：语气助词。

⑪线了鸡：阉了鸡。线，通"骟"，阉割。

【双调·蟾宫曲】
自乐①

草团标正对山凹②，山竹炊粳，山水煎茶。山芋山薯，山葱山韭，山果山花。山溜响冰敲月牙③，扫山云惊散林鸦。山色元佳④，山景堪夸。山外晴霞，山下人家。

【注释】

①此曲为嵌字体（元曲巧体之一），每句皆嵌一"山"字。

②草团标：圆形茅屋。

③山溜：山中溪涧。

④山色元佳：就是山色好。元，善。

顾德润

顾德润，字君泽，一作"均泽"，号九山，一作"九仙"，松江（今属上海市）人。生卒年不详。曾任杭州路吏，后至元间（1335—1340）移平江首领官，与诗人钱惟善等相交好。钱惟善《送顾君泽移平江》诗称其人曰："旧识黄堂掾，风流见逸才。"顾德润曾自刊所著《九山乐府》、《诗隐》二集，售于市肆。其散曲今存小令八首，套数两篇。

【越调·黄蔷薇过庆元贞】
御水流红叶

【黄蔷薇】步秋香径晚，怨翠阁衾寒①。笑把霜枫叶拣，写罢衷情兴懒。【庆元贞】几年月冷倚阑干，半生花落盼天颜，九重云锁隔巫山②。休看作等闲，好去到人间。

【注释】

①衾（qīn）：被子。

②"几年月"以下三句为鼎足对（连用三句对仗），隐喻平生落寞，无缘际会。

【中吕·醉高歌过摊破喜春来】
旅中①

【醉高歌】长江远映青山，回首难穷望眼，扁舟来往蒹葭岸②，人憔悴云林又晚。【摊破喜春来】篱边黄菊经霜暗，囊底青蚨逐日悭③。破清思，晚砧鸣④，断愁肠，檐马韵⑤，惊客梦。梦晓钟寒，归去难。修一缄⑥，回两字寄平安⑦。

【注释】

①在中国传统社会，读书人为谋求一官半职，往往常年困于京城或旅途，顾德润这首曲子既是他个人经历、心境的反映，也反映了当时读书人的普遍境遇。

②蒹葭（jiānjiā）：芦苇。《诗经·秦风·蒹葭》："蒹葭

苍苍，白露为霜。"

③"囊底青蚨（fú）"句：口袋里的钱一天天少了。青蚨，铜钱。

④晚砧（zhēn）：傍晚时的捣衣声。

⑤檐马韵：檐间闻铃的响声。马，铁马，即闻铃。

⑥修一缄（jiān）：写一封信。缄，封口。

⑦回两字寄平安：寄两个字的平安家信。意谓除"平安"两字外，更难言其他，有难言之苦。

曹　德

　　曹德，字明善，衢州（今浙江衢县）人。生卒年不详。曾任衢州路吏、山东宪吏等职。性情耿直，曾在都下作曲讥讽权贵伯颜擅自专权，滥杀无辜。因伯颜缉捕，乃南逃吴中僧舍避祸。居数年，伯颜事败，方再入京。他与任则明、马昂夫等相交。钟嗣成《录鬼簿》称其"华丽自然，不在（张）小山之下"。现存小令十八首。

【双调·沉醉东风】
隐居①

鸱夷革屈沉了伍胥②，江鱼腹葬送了三闾③。数间谏时，独醒处，岂是遭诛被放招伏？一舸秋风去五湖④，也博个名传万古。

【注释】

①曹德这首【沉醉东风】借用伍子胥、屈原、范蠡等历史人物不同命运的对比，表明自家的人生选择和志趣。

②鸱（chī）夷革：皮制的袋子。战国时吴国功臣伍子胥因吴王夫差听信谗言，愤而自杀，夫差乃将其尸体盛于鸱夷革，浮于江中（见《史记·伍子胥列传》）。

③"江鱼腹"句：指屈原自沉汨罗江事。

④"一舸秋风去五湖"句：指范蠡助越王勾践富国后，激流勇退，隐姓埋名，浮海经商事（见《史记·越王勾践世家》）。

【中吕·喜春来】
和则明韵①

春云巧似山翁帽②，古柳横为独木桥。风微尘软落红飘，沙岸好，草色上罗袍③。
又
春来南国花如绣，雨过西湖水似油。小瀛洲外小红楼，人病酒，料自下帘钩。

【注释】

①则明：即任昱，字则明。这两首【喜春来】抒写的都是闲情逸趣，含蓄隽永，与诗中的绝句、词中的令词略同。

②春云巧似山翁帽：晋山翁喜饮酒，醉后骑马，倒戴着白帽归来。这里借喻春日云彩变化多端，形状奇巧。

③草色上罗袍：指游人的罗袍与青草颜色相近，难分彼此。庾信《哀江南赋》有："青袍如草，白马如练。"

【双调·折桂令】
自述①

淡生涯却不多争，卖药修琴，负笈担簦②。雪岭樵柯③，烟村牧笛，月渡渔罾④。究生死干忙煞老僧，学飞升空老了先生⑤。我腹膨脬⑥，我貌狰狞，我发髟髻⑦。除了衔杯，百拙无能。

【注释】

①曹德的这首【折桂令】可能较多地反映了他躲避伯颜缉捕时的一段生活。

②笈（jí）：书箱。簦（dēng）：古代有长柄的笠，类似后世的雨伞。

③柯（kē）：斧子的柄。此处代指樵夫用的斧子。

④罾（zēng）：一种用竹竿或木棍做支架的方形渔网。

⑤先生：道士。这两句是嘲讽那些身为僧道而不能安贫乐道、体悟自然的人。

⑥膨脝（pénghēng）：腹膨大貌。又作"膨亨"。韩愈《石鼎联句》诗："龙头缩菌蠢，豕腹涨膨亨。"

⑦鬅鬙（péngsēng）：毛发乱貌。曾巩《看花》诗："但知抖擞红尘去，莫问鬅鬙白发催。"

高克礼

　　高克礼，字敬臣，号秋泉，河间（今属河北）人，一说济南（今属山东）人。生卒年不详。至正中官庆元推官，后归隐。与乔吉、萨都剌等人唱和。小令享盛名，今存四首，均摹写儿女情态之作，清新俊利。

【越调·黄蔷薇过庆元贞】^①

【黄蔷薇】燕燕别无甚孝顺^②，哥哥行在意殷勤^③。玉纳子藤箱儿问肯^④，便待要锦帐罗帏就亲。【庆元贞】唬得我惊急列蓦出卧房门^⑤，他措支剌扯住我皂腰裙^⑥，我软兀剌好话儿倒温存^⑦。一来怕夫人情性哏^⑧，二来怕误妾百年身。

又^⑨

又不曾看生见长，便这般割肚牵肠。唤奶奶酪子里赐赏^⑩，撮醋醋孩儿弄璋^⑪。断送得他萧萧鞍马出咸阳^⑫，只因他重重恩爱在昭阳，引惹得纷纷戈戟闹渔阳^⑬。哎，三郎，睡海棠^⑭，都则为一曲舞霓裳^⑮。

【注释】

①关汉卿有杂剧《诈妮子》杂剧，叙侍女燕燕为贵家公子诱奸，终被纳为小妾。这可能是据当时事编成，本曲似亦以此为题。

②孝顺：此作侍候解。

③哥哥行：犹言哥哥这边。

④玉纳子：用来装饰箱子的玉制小配件。问肯：问候，慰问。

⑤惊急列：金元口语，惊慌。蓦出：跨出。

⑥措支剌：金元口语，慌忙。皂腰裙：黑腰裙。

⑦软兀剌：金元口语，软绵绵。

⑧哏：犹狠。

⑨本曲以李隆基、杨玉环情爱故事为题，对李隆基暗藏讥嘲，颇有谐趣。

⑩奶奶（nǎi）：宫中嬷嬷。酪子里：暗地里。

⑪撮：借作"促"，催促。醋醋：宋元时对使女的称呼。弄璋：指生男孩。

⑫断送：葬送，结局，结果。此句是说唐明皇逃出长安避难。

⑬渔阳：郡名，在今河北蓟县一带，为安禄山发动变乱之地。

⑭三郎：玄宗小名。睡海棠：玄宗曾赞杨贵妃醉容为"海棠睡未足"（见《太真外传》）。

⑮霓裳：指《霓裳羽衣舞》，唐代著名的舞曲，据传杨贵妃善舞此曲。

王　晔

　　王晔，字日华，号南斋，杭州人。生卒年不详。约生活于元代中后期。《录鬼簿》称他"体丰肥而善滑稽，能词章乐府，临风对月之际，所制工巧"。至正六年（1346），他曾汇辑历代优语，自楚之优孟，至金人玳瑁头，集为一编，名曰《优戏录》。惜原书久佚。其剧作有《桃花女》、《卧龙岗》、《双卖华》三种，《桃花女》今存，其他亡逸。今存小令十六首。王晔曾与朱凯合题双渐小卿问答，颇有滑稽趣味，故选录如下。

【双调·折桂令】
问苏卿

俏排场惯战曾经，自古惺惺①，爱惜惺惺。燕友莺朋，花阴柳影，海誓山盟。那一个坚心志诚？那一个薄幸杂情？则问苏卿，是爱冯魁，是爱双生？

答

平生恨落风尘，虚度年华，减尽精神。月枕云窗，锦衾绣褥，柳户花门②。一个将百十引江茶问肯③，一个将数十联诗句求亲。心事纷纭④：待嫁了茶商，怕误了诗人。

【注释】

①惺惺：指聪慧的人。

②柳户花门：指苏卿的妓女出身。

③引：指商人运销货物的凭证，亦指所规定的重量单位，元代有茶引、盐引等。

④心事纷纭：指犹豫不定。

【双调·殿前欢】
再问

小苏卿：言词道得不实诚。江茶诗句相兼并，那件着情，休胡芦提二四应①，相俟幸②。端的接谁红定③？休教勘问④，便索招承。

答

满怀冤，被冯魁掩扑了丽春园⑤，江茶万引谁情愿？听妾明言。多情小解元，休埋怨。俺违不过亲娘面。一时间不是，误走上茶船。

【注释】

①胡芦提：指糊里糊涂。二四应：指模棱两可。

②傒（xī）幸：戏弄（人）。

③端的：究竟，真实。

④勘问：审问。

⑤掩扑：乘人不备而袭击。

王仲元

王仲元，杭州人。与钟嗣成交厚。作有杂剧三种，均佚。散曲存小令二十一首，套数四首，以情景相融为胜。

【中吕·普天乐】
春日多雨①

无一日惠风和②，常四野彤云布③。那里肯妆金点翠④，只待要迸玉筛珠⑤。这其间湖景阴，恰便似江天暮。冷清清孤山路，六桥迷雪压模糊⑥。瞥见游春杜甫，只疑是寻梅浩然⑦，莫不是相访林逋⑧。

【注释】

①王仲元这首【普天乐】以其熟悉的杭州风物为题，诗词中亦有歌咏自然景物者，唯风味有别。

②惠风：和风。

③彤云：阴云。

④妆金点翠：形容晴日云貌。

⑤迸玉筛珠：形容雨很大。

⑥"冷清清"两句：提到的孤山、六桥都是西湖边上的景观。

⑦浩然：唐代诗人孟浩然，曾踏雪寻梅。

⑧林逋：宋代诗人。曾隐居西湖孤山，以种梅养鹤自娱，有"梅妻鹤子"之称。

吕止庵

吕止庵，生平不详。别有吕止轩，疑即一人。今存散曲小令三十三首，套数四篇。

【仙吕·后庭花】①

风满紫貂裘，霜合白玉楼。锦帐羊羔酒②，山阴雪夜舟③。党家侯，一般乘兴，亏他王子猷④。

【注释】

①党进为宋初名将，风流一时，吕止庵这首【后庭花】即以其人行事为题。

②"锦帐"句：这里用党进雪夜饮羊羔酒的典故。羊羔酒，酒名。《事物绀珠》云："羊羔酒出汾州，色白莹，饶风味。"据《本草纲目》载宋代有羊羔酒方，用糯米、肥羊肉等酿成。陈继儒《辟寒部》载：宋陶穀妾，本富人党进家姬，一日下雪，陶穀命取雪水煎茶，问之曰："党家有此景？"对曰："彼粗人，安识此景？但能知销金帐下，浅斟低唱，饮羊羔美酒耳。"后因以"党家"比喻粗俗的富豪人家。

③"山阴"句：这里用晋王徽之雪夜访戴逵的典故。《晋书·王徽之传》："（王徽之）尝居山阴，夜雪初霁，月色清朗，四望皓然……忽忆戴逵，逵时在剡，便夜乘小船诣之，经宿方至，造门不前而返。人问其故，徽之曰：'本乘兴而来，兴尽而返，何必见安道耶？'"

④王子猷（yóu）：即王徽之。

【仙吕·醉扶归】①

瘦后因他瘦，愁后为他愁。早知伊家不应口②，谁肯先成就。营勾了人也罢手③，吃得我些酪子里骂低低的咒④。

又

频去教人讲，不去自家忙⑤。若得相思海上方⑥，不道得害这些闲魔障⑦。你笑我眠思梦想，只不打到你头直上⑧。

【注释】

①吕止庵【醉扶归】凡三首，皆以闺中女子口吻写离愁别恨，都写得伶俐可喜，此选其中两首。

②"早知"句：可能指男方家长不同意他们的婚事。

③营勾：谎骗，勾引。

④酪子里：暗地里。

⑤"频去"两句：是说经常到男方家里去，害怕别人说闲话；但不去心中又不踏实。频去，频繁去。

⑥相思海上方：意味医得相思病的灵丹妙药。据传秦始皇曾派方士海上求长生不死之药，故云"海上方"。

⑦闲魔障：指相思病。魔障，佛家语，魔王所设的障碍，借指波折、病痛、灾难等。

⑧打到：宋元俗语，碰到之意。头直上：即头上。直上，上面。

真　真

真真，建宁（今属福建）人。生平不详。宋儒真德秀后裔，
沦为歌伎，姚燧为之脱籍。散曲今存小令一首。

【仙吕·解三酲】①

奴本是明珠擎掌，怎生的流落平康②？对人前乔做娇模样③，背地里泪千行。三春南国怜飘荡，一事东风没主张④。添悲怆。那里有珍珠十斛，来赎云娘⑤。

【注释】

①曲多是代言，歌伎真真的这首【解三酲】完全是代自家言。这支曲有助于我们了解当时歌伎们的生活和情感。

②平康：唐代长安平康坊，为妓女聚居之地。后泛指妓院。

③乔：假装。

④主张：主宰。

⑤云娘：唐有歌伎名崔云娘。这里乃自指。

查德卿

　　查德卿，生平、里籍均不详。大约元仁宗（1311—1320）前后在世。散曲今存小令二十三首。明李开先评元人散曲，首推张可久、乔吉，次则举及查德卿（见《闲居集》卷五《碎乡小稿序》），可见其曲名较高。

【仙吕·寄生草】
感叹①

姜太公贱卖了磻溪岸②，韩元帅命博得拜将坛③。羡傅说守定岩前版④，叹灵辄吃了桑间饭⑤，劝豫让吐出喉中炭⑥。如今凌烟阁一层一个鬼门关⑦，长安道一步一个连云栈⑧。

【注释】

①查德卿这首咏史曲借古讽今，多愤激之言。

②姜太公：即吕尚。磻（pán）溪：一名"璜河"，在陕西宝鸡东南。相传溪上有兹泉，为姜太公垂钓遇文王处。

③韩元帅：即韩信。汉高祖刘邦拜为大将，后被吕后杀害。命博得：用生命换取得。

④傅说：传说隐居傅岩（今山西平陆）时，曾为人版筑。版：筑墙用的夹板。

⑤灵辄：春秋时晋人。据《左传·宣公二年》载：晋灵公的大夫赵宣子曾于首阳山打猎，在桑阴中休息，看到饿人灵辄，便拿饭给他吃，并给了他母亲饭和肉。后晋灵公想刺杀赵宣子，派灵辄做伏兵，他却倒戈相救，以报一饭之恩。

⑥豫让：战国晋人。据《史记·刺客列传》载：豫让为晋国大夫智伯家臣，备受尊宠。后智伯为赵襄子所灭，他便"漆身为癞，吞炭为哑"，企图行刺赵襄子，为智伯报仇。后事败为襄子所杀。

⑦凌烟阁：唐太宗图画功臣的殿阁。此借指高官显位。

⑧长安道：指仕途。连云栈：本指高入云霄的栈道，
　此喻仕途的凶险。

【越调·柳营曲】
金陵故址①

临故国，认残碑。伤心六朝如逝水②。物换星
移③，城是人非④，今古一枰棋⑤。南柯梦一觉初回，
北邙坟三尺荒堆⑥。四围山护绕，几处树高低。谁，
曾赋黍离离⑦？

【注释】

①金陵为六朝古都，兴废陈迹甚多。此曲作为怀古名
　作，激昂慷慨，格调不凡。

②六朝：指三国的吴，东晋，南朝的宋、齐、梁、陈。
　它们都建都在金陵（今江苏南京）。

③物换星移：万物变化，星辰运行，比喻光阴过得很
　快。王勃《滕王阁诗》："物换星移几度秋。"

④城是人非：言城郭犹是，人民已非。《搜神后记》载：
　辽东人丁令威学道成仙，后化为仙鹤返乡，憩于城
　门华表柱，时有少年举弓欲射之，鹤乃飞徘徊空
　中，而言曰："有鸟有鸟丁令威，去家千年今始归。
　城郭如故人民非，何不学仙冢累累。"

⑤今古一枰棋：古今成败，不过像一局棋罢了。枰，
　棋盘。

⑥北邙（máng）坟：泛指墓地。因为东汉及魏的王侯公卿多葬于洛阳北的邙山。

⑦黍离离：怀恋故国之悲。《诗经·王风》有《黍离》篇，云："彼黍离离，彼稷之穗。行迈靡靡，中心如醉。"据说这是东周的大夫看到故国宗庙，尽为禾黍，徘徊感叹，而作是诗。

【仙吕·一半儿】拟美人八咏①
春妆

自将杨柳品题人②，笑撚花枝比较春③。输与海棠三四分。再偷匀，一半儿胭脂一半儿粉。

春醉

海棠红晕润初妍，杨柳纤腰舞自偏。笑倚玉奴娇欲眠④。粉郎前，一半儿支吾一半儿软⑤。

【注释】

①查德卿【一半儿】以"拟美人八咏"为总题者凡八首，此选其中之二。虽不过风花雪月，亦可见文人妙思巧构。

②品题：评论人物，定其高下。

③撚（niǎn）：执，持。比较春：与春比较。

④玉奴：此指侍女。

⑤支吾：勉强支持。

【中吕·普天乐】
别情①

鹧鸪词②，鸳鸯帕③。青楼梦断④，锦字书乏⑤。后会绝，前盟罢。淡月香风秋千下，倚阑干人比梨花。如今那里？依栖何处，流落谁家？

【注释】

①查德卿【普天乐】题"别情"者凡二首，婉约流丽，略同于令词，今选其中之一。

②鹧鸪词：按照【鹧鸪天】或【瑞鹧鸪】词牌填写的词。

③鸳鸯帕：绣有鸳鸯的罗帕。

④青楼：妓院。

⑤锦字书：指书信。前秦才女苏惠作织锦，上写回文诗，寄给远方的丈夫。故后世多以锦字书指寄给丈夫或情人的书信。

【越调·柳营曲】
江上①

烟艇闲②，雨蓑干③，渔翁醉醒江上晚。啼鸟关关④，流水潺潺，乐似富春山⑤。数声柔橹江湾，一钩香饵波寒。回头贪兔魄⑥，失意放渔竿。看，流下蓼花滩⑦。

【注释】

①这首【越调·柳营曲】恬淡自然，风味亦近于诗词。

②艇：轻便小船。

③蓑：草编的蓑衣。

④关关：拟声词，鸟鸣的声音。

⑤富春山：山名，又名"严陵山"。东汉会稽馀姚（今
　属浙江）人严光，字子陵。不受光武帝刘秀征召，
　曾隐居富春山。其曾垂钓处后人称为"严陵濑"。

⑥兔魄：月亮的别称。

⑦蓼：一种生长在水边的水草，花小，白色或红色。

吴西逸

　　吴西逸，生平、居里不详。约延祐末在世。与阿里西瑛、贯云石等皆有和作，故其年辈或与贯云石等相近。今存小令四十七首，风格清丽疏淡。

【双调·蟾宫曲】
怀古①

问从来谁是英雄，一个农夫②，一个渔翁③。晦迹南阳④，栖身东海⑤，一举成功。《八阵图》名成卧龙⑥，《六韬》书功在飞熊⑦。霸业成空，遗恨无穷。蜀道寒云⑧，渭水秋风⑨。

【注释】

①姜太公、诸葛亮都是辅助名君成就霸业的贤相，吴西逸这首怀古之作，即以他们二人成败事迹，抒发其兴亡之感。

②一个农夫：指诸葛亮，因为他曾经"躬耕南阳"。

③一个渔翁：指姜太公，因为他曾经垂钓于渭水。

④晦迹：使自己的踪迹隐晦，即隐居。南阳：今属河南，是诸葛亮曾隐居的地方。

⑤栖身东海：居住在东海。《史记·齐太公世家》云："吕尚处士，隐海滨。"

⑥《八阵图》：《三国志·诸葛亮传》说诸葛亮"长于巧思，损益连弩，木牛流马，皆出其意，推演兵法，作《八阵图》，咸得其要"。杜甫《八阵图》诗云："功盖三分国，名成《八阵图》。江流石不转，遗恨失吞吴。"

⑦《六韬》：相传为姜太公所著的一部兵书。飞熊：周文王得姜太公的梦兆。

⑧蜀道寒云：极言蜀道之险峻。

⑨渭水秋风：此化用贾岛《忆江上吴处士》："秋风生渭水，落叶满长安。"

【双调·清江引】
秋居①

白雁乱飞秋似雪，清露生凉夜。扫却石边云，醉踏松根月②，星斗满天人睡也。

【注释】

①吴西逸这首【清江引】写隐者的生活，清淡雅洁，气味略同于王维山水诗。

②松根月：照在松根的月光。

【双调·殿前欢】①

懒云窝，懒云堆里即无何②。半间茅屋容高卧，往事南柯。红尘自网罗③，白日闲酬和④，青眼偏空阔。风波远我⑤，我远风波。

又

懒云巢，碧天无际雁行高。玉箫鹤背青松道，乐笑游遨。溪翁解冷淡嘲，山鬼放揶揄笑⑥，村妇唱糊涂调。风涛险我，我险风涛。

【注释】

①吴西逸【殿前欢】凡六首，皆歌咏其隐居乐道的生活，今选其中之二。

②无何：即平安无事。

③"红尘"句：意味红尘如网罗，但已不能网罗到我。

④酬和：唱酬，酬对。

⑤风波：喻官场及人世隐藏的凶险。后一支【殿前欢】
的"风涛"亦然。

⑥揶揄：戏弄。

【双调·蟾宫曲】
纪旧

折花枝寄与多情①，唤起真真②，留恋卿卿③。
隐约眉峰④，依稀雾鬓⑤，仿佛银屏⑥。曾话旧花边
月影，共衔杯扇底歌声⑦。款款深盟⑧，无限思量，
笑语盈盈⑨。

【注释】

①"折花枝"句：这里暗用陆凯寄给范晔一枝梅花的
典故。《太平御览》引《荆州记》云："陆凯与范晔
相善，自江南寄梅花一枝，诣长安与晔，与赠以诗
曰：'折花逢驿使，寄与陇头人。'"

②唤起真真：真真，美人名。《太平广记》二八六卷引
《闻奇录》云："唐进士赵颜于画工处得一软障，图
一妇人甚丽。颜谓画工曰：'世无其人也。如可令
生，余愿纳为妻。'画工曰：'余神画也。此亦有名，
曰真真。呼其名百日，昼夜不歇，即必应之。应，
即以百家彩灰酒灌之，必活。'颜如其言，遂呼之

百日，昼夜不止。乃应曰‘诺’。急以百家彩灰酒灌之，遂呼之活。下步言笑，饮食如常。曰：谢君召妾，妾愿侍箕帚。终岁，生一儿。年二岁，友人曰：‘此妖也，必与君为患。余有神剑可斩之。’其夕遗颜剑。剑才及颜室，真真乃泣曰：‘妾南岳地仙也。无何为人画妾之形，君又呼妾之名。既不夺君愿。今君疑妾，妾不可住。’言讫，携其子，却上软障，呕出先所饮百家彩灰酒。睹其障，唯添一孩子。皆是画焉。”

③卿卿：夫妻间的亲昵称呼。

④眉峰：古人把美人的眉比作山，所以眉端叫做"眉峰"。

⑤雾鬟：形容妇女蓬松的头发。

⑥银屏：华丽的屏风。

⑦扇底歌声：舞扇遮掩下唱的歌声。

⑧款款：形容忠贞不二。司马迁《报任安书》："诚欲效其款款之愚。"

⑨盈盈：仪态优美的样子。《古诗十九首》："盈盈楼上女，皎皎当窗牖。"

【越调·天净沙】
闲题①

楚云飞满长空②，湘江不断流东，何事离多恨冗③？夕阳低送，小楼数点残鸿④。

又

数声短笛沧州⑤，半江远水孤舟，愁更浓如病酒。夕阳时候，断肠人倚西楼。

又

江亭远树残霞，淡烟芳草平沙，绿柳阴中系马。夕阳西下，水村山郭人家。

【注释】

①【天净沙】曲虽以马致远《秋思》最为著名，吴西
　　逸这三首也恬淡悠远，差可比拟。

②楚云：这里泛指南方的云。

③冗（rǒng）：繁多。

④残鸿：指在夕阳中渐渐远逝的雁影。

⑤沧州：水中小洲，多代指隐居地。

赵显宏

赵显宏，号学村。生平不详。散曲今存小令二十一首，套
数两篇。

【黄钟·刮地风】
别思①

春日凝妆上翠楼②，满目离愁。悔教夫婿觅封侯，蹙损眉头③。园林春到，物华依旧。并枕双歌，几时能够。团圆日是有，相思病怎休。都道我减了风流。

【注释】

①离情别怨为诗词之熟题，唯与曲相较，一含蓄蕴藉，一浅白率直。赵显宏的这首【刮地风】可算作曲的代表。

②"春日"句及后文的"悔教"句都直接取自王昌龄《闺怨》诗。王诗原词为："闺中少妇不知愁，春日凝妆上翠楼。忽见陌头杨柳色，悔教夫婿觅封侯。"凝妆，盛装，严妆。

③蹙（cù）损眉头：是说因常皱眉头而使眉头受损。

【中吕·满庭芳】
樵①

腰间斧柯②，观棋曾朽③，修月曾磨④。不将连理枝梢锉⑤，无缺钢多。不饶过猿枝鹤窠，惯立尽石涧泥坡。还参破，名缰利锁，云外放怀歌。

【注释】

①赵显宏曾有【满庭芳】曲分别以渔、樵、耕、牧为

　　题，描写田园恬静平淡的生活。

②柯：斧柄。

③观棋：指王质入山伐木观弈事。

④修月：传说月亮乃七宝合成，有八万户常以斧凿修。

⑤锉：指折伤。

朱庭玉

朱庭玉，"庭"或作"廷"，生平不详。散曲今存小令四首，套数二十二篇。

【越调·天净沙】

秋①

庭前落尽梧桐，水边开彻芙蓉②，解与诗人意同③。辞柯霜叶④，飞来就我题红⑤。

冬

门前六出狂飞⑥，樽前万事休提。为问东君信息⑦，急教人探。小梅江上先知⑧。

【注释】

①朱庭玉【天净沙】凡四首，分别以春、夏、秋、冬为题，皆流利可喜，今选其中之二。

②芙蓉：荷花的别名。

③解：明白。

④辞柯：（枫叶）从枝干上飘落。霜叶：枫叶。

⑤题红：用红叶题诗的典故。

⑥六出：因雪花六角，故以"六出"指代雪花。

⑦东君：春天。

⑧小梅江上先知：指梅花应时在江边开放。

李伯瑜

　　李伯瑜，生平不详。元初王鹗序姬志真《云山集》有云："庚戌（1250）夏五月，与友人李伯瑜相会。话旧之馀，李出知常先生文集一编，将以版行垂世。"可知李伯瑜为金末元初人。今存小令一支。

【越调·小桃红】
磕瓜^①

木胎毡观要柔和，用最软的皮儿裹。手内无他煞难过^②，得来呵，普天下好净也应难躲^③。兀的般砌末^④，守着个粉脸儿色末^⑤，诨广笑声多。

【注释】

①宋金杂剧表演的脚色主要为副净、副末，副净插科，副末打诨。副末常持的道具即为磕瓜。李伯瑜这首【小桃红】曲以"磕瓜"为题，对我们理解磕瓜的构造及功用极有助益。

②煞：忒，特别。

③"普天下"句：因副净插科时，副末每以磕瓜轻击副净，故云"难躲"。

④兀的：这，如此。砌末：略相当于今人所谓的道具。

⑤"守着个"句：意谓副末始终操持着磕瓜。

李德载

李德载，生平不详。散曲今存小令十首，均咏茶事。

【中吕·阳春曲】
赠茶肆①

茶烟一缕轻轻飏，搅动兰膏四座香②。烹煎妙手赛维扬③。非是谎④，下马试来尝！

又

金芽嫩采枝头露，雪乳香浮塞上酥。我家奇品世间无。君听取，声价彻皇都⑤。

【注释】

①李德载的这十首【阳春曲】都以卖茶人的口吻写成，均写得贴切生动，此选其中之二。

②兰膏：含有兰香的油脂。

③维扬：即扬州。扬州烹调非常有名，故有"赛维扬"句。

④谎：此指瞎说。

⑤彻：满，遍。

程景初

程景初，生平不详。散曲今存小令、套数各一首，风格绵丽深婉。

【正宫·醉太平】①

恨绵绵深宫怨女②，情默默梦断羊车③，冷清清长门寂寞长青芜④，日迟迟春风院宇⑤。泪漫漫介破琅玕玉⑥，闷淹淹散心出户闲凝伫⑦，昏惨惨晚烟妆点雪模糊，淅零零洒梨花暮雨。

【注释】

①任二北先生论及词、曲之别尝云："词深而曲广。"所谓"广"主要是指曲常用赋体的手法。程景初这首【醉太平】以宫怨为题，主要用排比手法，景物各不相同，但都紧紧围绕一个"怨"字。

②绵绵：悠长貌。

③羊车：羊拉之车。相传晋武帝好色，常随羊车所止定临幸之所。

④长门：汉代宫名。汉武帝时陈皇后失宠后居此。芜：杂草。

⑤迟迟：缓慢悠长貌。

⑥介破：隔开。琅玕（lánggān）玉：竹的美称。

⑦凝伫（zhù）：伫立凝望。

杜遵礼

杜遵礼，生平不详。今存小令一首。

【仙吕·醉中天】
佳人脸上黑痣①

好似杨妃在，逃脱马嵬灾②。曾向宫中捧砚台，堪伴诗书客。叵耐无情的李白，醉拈斑管，洒松烟点破桃腮③。

【注释】

①曲尚尖新，杜遵礼的这首【醉中天】既大胆以"佳人脸上黑痣"为题，又构思精巧，诚当得起"尖新"二字。

②"好似"两句：因杨贵妃"安史之乱"中被赐死于马嵬驿，故此云好似"逃脱马嵬灾"。

③"叵耐"以下三句：唐明皇时，李白曾奉召侍宴，立就《清平词》三章。故此处假想李白书写时将墨汁洒落于佳人脸上。叵耐，怎奈。斑管，指毛笔。松烟，墨多由松烟制成，故此以"松烟"指代墨。

李致远

　　李致远，字君深，生平不详。至元间曾居江苏溧阳。散曲今存小令二十六首，套数四篇。

【中吕·红绣鞋】
晚秋^①

梦断陈王罗袜^②，情伤学士琵琶^③，又见西风换年华^④。数杯添泪酒，几点送秋花。行人天一涯。

【注释】

①李致远这首【红绣鞋】写晚秋愁思，风味与小词略同。由此可见，曲写得含蓄、老实便即是词。

②陈王：陈思王曹植。罗袜：语出曹植《洛神赋》："凌波微步，罗袜生尘。动无常则，若危若安。进止难期，若往若还。"

③学士：此指翰林学士白居易。白居易长诗《琵琶行》有："座中泣下谁最多，江州司马青衫湿"，故曲中有"情伤学士"语。

④"又见"句：化用秦观【望海潮】词："梅英疏淡，冰澌溶泄，东风暗换年华。"

【越调·天净沙】
离愁

敲风修竹珊珊^①，润花小雨斑斑，有恨心情懒懒。一声长叹，临鸾不画眉山^②。

【注释】

①敲风修竹：意为风吹动竹。此句化自苏轼【贺新郎】词："帘外谁来推绣户，枉教人梦断瑶台曲，又却是

风敲竹。"珊珊：象声词，形容玉佩之声。
②临鸾：照镜。鸾，铸有鸾凤图案的铜镜。眉山：指
女子的眉毛。

张鸣善

张鸣善，名择，号顽老子，平阳（今山西临汾）人。生卒年不详。后迁居湖南，流寓扬州（今属江苏）。官宣慰司令史。元灭后称病辞官，隐居吴江（今属江苏）。有《英华集》（今不传），苏昌龄、杨廉夫拱手服其才。《太和正音谱》称其曲"藻思富赡，烂芳春葩，诚一代之作手"。现存小令十三首，套数两篇。

【中吕·普天乐】
嘲西席①

讲诗书，习功课。爷娘行孝顺②，兄弟行谦和。为臣要尽忠，与朋友休言过③。养性终朝端然坐，免教人笑俺风魔④。先生道"学生琢磨"，学生道"先生絮聒"⑤，馆东道"不识字由他"⑥。

【注释】

①读书人在元代身份、地位最为尴尬不堪，许多读书人只好以设帐授徒为生，张鸣善的这首【普天乐】对当时教书先生落魄形象的形容极其生动。

②行：宋元俗语，这里、这边之意。

③过：指过失。

④风魔：谓举止轻浮。

⑤絮聒：唠叨，吵闹。

⑥馆东：指主人、东家。"不识字由他"谓不必严加管教。

【中吕·普天乐】
咏世①

洛阳花②，梁园月③。好花须买，皓月须赊。花倚阑干看烂漫开，月曾把酒问团圆夜④。月有盈亏，花有开谢，想人生最苦离别。花谢了三春近也⑤，月缺了中秋到也，人去了何日来也？

遇美

雨才收，花初谢。茶温凤髓，香冷鸡舌。半帘杨柳风，一枕梨花月，几度凝眸登台榭。望长安不见些些⑥，知他是醒也醉也，贫也富也，有也无也。

又

雨儿飘，风儿飔⑦。风吹回好梦⑧，雨滴损柔肠。风萧萧梧叶中，雨点点芭蕉上。风雨相留添悲怆，风和雨卷起凄凉。风雨儿怎当⑨？风雨儿定当，风雨儿难当。

【注释】

①张鸣善的这三首【普天乐】或写离情，或写别怨，都写得生动诙谐，别有趣味。

②洛阳花：指牡丹花。古人谓洛阳牡丹甲天下，欧阳修曾作《洛阳牡丹记》，以志其盛。

③梁园：汉时梁孝王尝于大梁（今河南开封）筑兔园以馈宾客，相与游乐其中，世称"梁园"。关汉卿【南吕·一枝花】（不伏老）套："我玩的是梁园月，饮的是东京酒，赏的是洛阳花，攀的是章台柳。"

④"月曾把酒"句：苏轼【水调歌头】："人有悲欢离合，月有阴晴圆缺，此事古难全。"此取其意而略有变化。

⑤三春：此指季春，春季最末一月。

⑥些些：一点儿。

⑦飔（yáng）：吹起，吹动。

⑧"风吹"句：意谓风声打断了好梦。

⑨怎当：怎么禁受得住。当，抵挡。

【双调·水仙子】
讥时^①

铺眉苫眼早三公^②，裸袖揎拳享万钟^③。胡言乱语成时用，大纲来都是烘^④。说英雄谁是英雄？五眼鸡岐山鸣凤^⑤，两头蛇南阳卧龙^⑥，三脚猫渭水飞熊^⑦。

【注释】

①元代显要职位尽为蒙古人、色目人把持，贤愚不分，是非颠倒，汉族文人多沉居下僚。张鸣善这首【水仙子】对世事之讥讽可谓入木三分。

②铺眉苫（shàn）眼：即舒眉展眼。此处是装模作样的意思。三公：大司马、大司徒与大司空。这里泛指高官。

③裸（luǒ）袖揎（xuān）拳：捋起袖子露出拳头。这里指善于打闹之人。万钟：很高的俸禄。

④大纲来：总而言之。烘：指胡闹。

⑤五眼鸡：即乌眼鸡，好斗成性。岐（qí）山：周朝发祥地，在今陕西岐山。鸣凤：凤凰。

⑥两头蛇：传说为不祥之物。南阳卧龙：即诸葛亮。这里是指奸邪之人冒充的忠臣贤相。

⑦三脚猫：指代没有本事的人。渭水飞熊：用周文王"飞熊入梦"而遇吕尚事，"飞熊"即指太公吕尚。

杨朝英

　　杨朝英，字英甫，号澹斋，青城（今山东高青）人，后居龙兴（今江西南昌）。曾官郡守、郎中，后归隐，与贯云石等唱和。编有《阳春白雪》与《太平乐府》两部散曲集，元散曲多赖以传世。其散曲今存小令二十八首。杨维桢《周月湖今乐府序》称："士大夫以今乐府鸣者，奇巧莫如关汉卿、庾吉甫、杨澹斋、卢疏斋"，可见其在当时曲界颇有名。

【双调·水仙子】①

雪晴天地一冰壶②，竟往西湖探老逋③。骑驴踏雪溪桥路④，笑王维作画图⑤，拣梅花多处提壶⑥。对酒看花笑，无钱当剑沽⑦，醉倒在西湖。

又

灯花占信又无功⑧，鹊报佳音耳过风⑨。绣衾温暖和谁共，隔云山千万重，因此上惨绿愁红。不付能博得团圆梦⑩，觉来时又扑个空，杜鹃声又过墙东。

自足

杏花村里旧生涯，瘦竹疏梅处士家⑪。深耕浅种收成罢，酒新笃鱼旋打⑫，有鸡豚竹笋藤花⑬。客到家常饭，僧来谷雨茶⑭，闲时节自炼丹砂⑮。

【注释】

①杨朝英所写【水仙子】曲凡九首，或写隐逸，或写闺情，都别有情致，此选其中三首。

②"雪晴"句：言积雪初晴，到处都是冰冻，冷如冰壶。

③老逋：指宋代诗人林逋，曾隐居西湖边。

④"骑驴"句：这里暗用孟浩然骑驴踏雪、寻梅吟诗的典故。

⑤"笑王维"句：王维，唐代著名诗人、画家，曾绘《雪溪图》和《雪里芭蕉图》。这里是说他画的雪景，远不如眼底西湖的自然景色。

⑥提壶：提起酒壶。

⑦当剑：把佩剑典当掉。沽：买，多指买酒。

⑧灯花占信：古人迷信，认为灯蕊结成花瓣，便是远信至、行人归的预兆。

⑨鹊报佳音：古人相信喜鹊传报喜讯。耳过风：比喻漠不关心。典出《吴越春秋·吴王寿梦传》："富贵之于我，如秋风之过耳。"

⑩不付能：等于说"方才"、"刚才"。

⑪处士：没有做官的读书人。

⑫酒新笃：指酒是新过滤出来的。旋（xuàn）：临时。

⑬豚（tún）：小猪。藤花：疑指瓜果之类蔓生植物的花。

⑭谷雨茶：谷雨节前采摘的春茶。

⑮炼丹砂：炼延年益寿的药。古代道教提倡炼丹服食。

【商调·梧叶儿】
客中闻雨①

檐头溜②，窗外声，直响到天明。滴得人心碎，刮得人梦怎成。夜雨好无情，不道我愁人怕听③。

【注释】

①晚唐温庭筠有【更漏子】词，云："梧桐树，三更雨，不道离情正苦。一叶叶，一声声，空阶滴到明。"此曲主要是化雅为俗。

②檐头溜：檐下滴水的地方。

③不道：不管，不顾。

王举之

王举之，生平不详。居杭州，与胡存善友善。散曲今存小令十三首，套数五篇。

【双调·折桂令】
赠胡存善①

问蛤蜊风致何如②，秀出乾坤，功在诗书。云叶轻灵，灵华纤腻，人物清癯。采燕赵天然丽语③，拾姚卢肘后明珠④。绝妙功夫，家住西湖⑤，名播东都⑥。

七夕

鹊桥横低蘸银河⑦，鸾帐飞香⑧，凤辇凌波⑨。两意绸缪⑩，一宵恩爱，万古蹉跎。剖犬牙瓜分玉果⑪，吐蛛丝巧在银盒⑫。良夜无多，今夜欢娱，明夜如何？

【注释】

①胡存善：胡正臣之子。钟嗣成《录鬼簿》载，胡正臣善唱词曲，"其子存善能继其志"。从本曲看，王举之与之友善。

②蛤（gé）蜊：本为生于近海的一种肉可食用的软体动物。元曲家因之风味有别于正统的诗、词，乃以蛤蜊比拟之。如钟嗣成《录鬼簿·自序》有："吾党且啖蛤蜊，别与知味者道。"

③"采燕赵"句：指广泛吸取各家之长。因早期元曲家多为河北、山西、陕西、山东一带的人，故乃以"燕赵"称之。

④姚卢：指姚燧和卢挚，二人都是当时影响较大的散曲作家。

⑤家住西湖：据《录鬼簿》载，胡存善系杭州人。

⑥东都：本指洛阳，这里借指开封。

⑦"鹊桥"句：传说七夕日，所有的喜鹊群集，在银河搭成一鹊桥，使牛郎、织女相会。

⑧鸾帐：夫妇同寝时的床帐。

⑨凤辇：凤凰所拉或有凤饰之车。此指织女乘坐的车。

⑩绸缪（chóumóu）：情意缠绵。

⑪瓜分玉果：七夕旧俗，民间常陈瓜果于庭。

⑫"吐蛛丝"句：七夕夜，民女常用小盒装蜘蛛，开启见网圆美，谓"得巧"。

贾　固

贾固，字伯坚，沂州（今山东临沂）人。曾官扬州路总管、中书左参政。善乐府，谐音律，而散曲仅存小令一支。

【中吕·醉高歌过红绣鞋】
寄金莺儿①

【醉高歌】乐心儿比目连枝②，肯意儿新婚燕尔③。画船开抛闪的人独自④，遥望关西店儿⑤。【红绣鞋】黄河水流不尽心事，中条山隔不断相思⑥，当记得夜深沉、人静悄、自来时。来时节三两句话，去时节一篇诗，记在人心窝儿里直到死。

【注释】

①据《青楼集》载，贾固任山东佥宪时，属意歌伎金莺儿，与之甚昵。后除西台御史，不能忘情，作【醉高歌过红绣鞋】以寄之，因被劾罢官。这支别离曲既是发自肺腑，自与一般逢场做戏者不同。

②比目连枝：指比目鱼、连理枝。

③肯意儿：情投意和。新婚燕尔：语本《诗经》。燕尔，和悦相得。

④抛闪：抛弃。

⑤关西：指潼关以西。

⑥中条山：在山西西南部，黄河、涑水河和沁河间。

周德清

周德清（1277—1365），字日湛，号挺斋，高安（今属江西）人。工乐府，精音律。著《中原音韵》，为北曲立法。贾仲明《录鬼簿续编》评论说："长篇短章，悉可为人作词之定格。故人皆谓：德清之韵，不但中原，乃天下之正音也，德清之词，不惟江南，实天下之独步也。"此虽或推崇过甚，但其曲确自有其特色。今存小令三十一首，套数三篇。

【中吕·满庭芳】
看岳王传①

披文握武②，建中兴庙宇③，载青史图书④。功成却被权臣妒⑤，正落奸谋。闪杀人望旌节中原士夫⑥，误杀人弃丘陵南渡銮舆⑦。钱塘路，愁风怨雨，长是洒西湖⑧。

误国贼秦桧

官居极品⑨，欺天误主，贱土轻民。把一场和议为公论，妨害功臣。通贼虏怀奸诳君，那些儿立朝堂仗义依仁⑩！英雄恨，使飞云幸存⑪，那里有南北二朝分。

【注释】

①周德清曾作【满庭芳】四首，分别以人物岳飞、韩世忠、秦桧、张俊等历史人物为题，以议论为曲，为曲中所少见。

②披文握武：岳飞为南宋初期抗金的名将，但也喜好文学。《宋史》本传说他"好贤礼士，览经史，雅歌投壶，恂恂如书生"。

③建中兴庙宇：建立了中兴的事业。庙宇，指宗庙社稷。岳飞于绍兴十年（1140）与金兀术对垒，连战皆捷，中原大震，进军朱仙镇，直逼开封，两河豪杰皆愿归其统制，金军内部也多瓦解动摇。

④青史：史书。古人用竹简记事，在刻写之前，先须用火加以处理，叫做"杀青"，所以史籍叫做"青史"。

⑤"功成"句：权臣，指秦桧。秦桧于绍兴十一年（1141），以"莫须有"的罪名，杀害岳飞于风波亭上，时岳飞年三十九岁。

⑥闪杀：抛弃，抛撇。士夫：泛指百姓。此句言中原沦陷区的百姓日夜盼望宋师北伐，恢复中原。

⑦弃丘陵：抛弃祖宗的坟墓。銮舆：皇帝的车子，因以代指皇帝。此句言宋高宗赵构逃到杭州，偏安江左，不思恢复。

⑧"钱塘路"三句：岳飞含冤死后葬今杭州西（原为钱塘县）栖霞岭下、西子湖旁。来往凭吊的，无不悲愤填膺。故云"愁风怨雨，长是洒西湖"。钱塘路，钱塘一带。

⑨官居极品：极品，最高品级的官，指宰相。宋高宗绍兴元年（1131），拜秦桧为相。

⑩那些儿：哪有一点儿，激愤语。

⑪使飞云幸存：假使岳飞、岳云还侥幸存在的话。岳云，岳飞养子，英勇善战，一同被秦桧杀害。

【中吕·红绣鞋】
郊行①

茅店小斜挑草稕②，竹篱疏半掩柴门。一犬汪汪吠行人。题诗桃叶渡③，问酒杏花村④，醉归来驴背稳⑤。

又

雪意商量酒价⑥，风光投奔诗家，准备骑驴

探梅花⑦。几声沙嘴雁⑧，数点树头鸦，说江山憔悴煞。

【注释】

①周德清这两首【红绣鞋】皆以"郊行"为题，暗寓隐逸之志。

②草稕（zhùn）：捆束的草杆，旧时常用为酒家的标志。用草或布缀于竿头，悬在店门前，招引游客。俗称"望子"。

③题诗桃叶渡：《古乐府注》有："王献之爱妾名桃叶，尝渡此。献之作歌送之曰：'桃叶复桃叶，渡江不用楫。但渡无所苦，我正迎接汝。'"

④问酒杏花村：杜牧《清明》诗有"借问酒家何处有，牧童遥指杏花村"，后因以"杏花村"指酒家。

⑤"醉归来"句：这里暗用孟浩然、李贺等人骑驴寻诗的故事。

⑥"雪意"句：言有了下雪的预兆，估计酒价要提高一些。

⑦"准备"句：这里用孟浩然骑驴踏雪、寻梅咏诗的故事。

⑧沙嘴：沙洲突出于水中的地方。

【双调·蟾宫曲】
别友①
倚篷窗无语嗟呀②，七件儿全无③，做甚么人家。柴似灵芝，油如甘露，米若丹砂④。酱瓮儿恰才梦撒⑤，盐瓶儿又告消乏。茶也无多，醋也无多。七件事尚且艰难，怎生教我折柳攀花⑥。

【注释】

①周德清这首【蟾宫曲】似为自家贫困生活的写照，用极其夸张的笔法，读来诙谐有趣。

②篷窗：用篾席遮拦起来的窗户。嗟呀：叹息。

③七件儿：即七件事，指日常生活中的七种必需品。武汉臣《玉壶春》杂剧有："早晨起来七件事，油盐柴米酱醋茶。"

④"柴似"三句：极言柴、油、米之缺乏。灵芝，仙草，古人认为服之可以长寿。甘露，甜美的露水。古人认为天下太平，上天才降甘露。丹砂，即朱砂，古人认为服食它可以延年益寿。

⑤梦撒：本意为散失，此与下句"消乏"互文，皆用完之意。

⑥折柳攀花：指出入青楼歌馆，追欢买笑。

【正宫·塞鸿秋】
浔阳即景①

长江万里白如练②，淮山数点青如淀③，江帆几片疾如箭，山泉千尺飞如电。晚云都变露，新月初学扇④，塞鸿一字来如线⑤。

又

灞桥雪拥驴难跨^⑥，剡溪冰冻船难驾^⑦，秦楼美酝添高价^⑧，陶家风味都闲话^⑨。羊羔饮兴佳^⑩，金帐歌声罢，醉魂不到蓝关下^⑪。

【注释】

①这两首【正宫·塞鸿秋】首四句都用连璧对，且对仗极为工稳。

②练：熟绢。

③淮山：指淮水两岸的山。淀：同"靛"，青蓝色的染料。

④新月初学扇：言新出之月，欲圆未圆。扇，团扇。班婕妤《怨歌行》："裁成合欢扇，团团似明月。"

⑤塞鸿：自边地飞来的鸿雁。

⑥灞桥：在长安东，为送别之处。黄彻《䂬溪诗话》载："或问郑綮相国近有诗否，答云：'诗思在灞桥风雪中驴背上。'"此即化用其意。

⑦剡（shàn）溪：水名，在浙江嵊县南。这里用晋王徽之雪夜访戴逵的典故。

⑧秦楼：歌馆妓院。美酝：美酒。

⑨陶家风味：指宋学士陶穀同小妾取雪水烹茶事，文坛传为佳话。

⑩"羊羔"两句：用北宋富绅党进每逢雪天，多在销金帐内饮羊羔酒取乐事。

⑪蓝关：此借用韩愈《左迁至蓝关示侄孙湘》诗典，韩诗云："一封朝奏九重天，夕贬潮州路八千。欲为圣

明除弊事，岂将衰朽计残年。云横秦岭家何在，雪拥蓝关马不前。知汝远来应有意，好收吾骨瘴江边。"

【中吕·朝天子】
秋夜客怀①

月光，桂香，趁着风飘荡。砧声催动一天霜②，过雁声嘹亮。叫起离情，敲残愁况。梦家山③，身异乡。夜凉，枕凉，不许愁人强④。

【注释】

①周德清这首【朝天子】写秋夜愁怀，音节响亮，有声有色，诚属曲中上品。

②砧（zhēn）声：捣衣声。

③家山：即故乡。

④强（jiàng）：犟，执拗，不顺从之意。

钟嗣成

　　钟嗣成，字继先，号丑斋，大梁（今河南开封）人，寓居杭州。元代散曲家。他所编撰的《录鬼簿》，记载了元代杂剧作家及一些散曲作家的小传和剧目，是研究元曲最重要的文献。作有杂剧七种，均佚。今存小令五十九首。

【正宫·醉太平】①

风流贫最好，村沙富难交②。拾灰泥补砌了旧砖窑，开一个教乞儿市学③。裹一顶半新不旧乌纱帽④，穿一领半长不短黄麻罩，系一条半联不断皂环绦，做一个穷风月训导⑤。

又

绕前街后街，进大院深宅，怕有那慈悲好善小裙钗⑥，请乞儿一顿饱斋。与乞儿绣副合欢带⑦，与乞儿换副新铺盖，将乞儿携手上阳台⑧，设贫咱波奶奶⑨！

【注释】

①钟嗣成这两首【醉太平】，一写求乞的乞丐，一写以教授乞儿为生的私塾先生，都写得滑稽有趣。

②村沙：土气，粗俗，丑陋。此句谓粗俗的人一旦变富，便很难交往了。

③市学：收取学费的私人学校。

④乌纱帽：隋唐贵者多戴乌纱帽，其后上下通用，又渐废为折上巾，乌纱帽成为闲居的常服。

⑤风月：本指清风明月等美好的景色，后喻男女情爱。此句是说教授乞儿如何谈情说爱。

⑥怕有：或许有。裙钗：女子的代称。

⑦合欢带：表示男女同欢结盟的带子。

⑧将：与，和。阳台：传说中的台名。宋玉《高唐赋》述及楚王与仙女欢会事："妾在巫山之阳，高丘之

岨，旦为朝云，暮为行雨，朝朝暮暮，阳台之下。"
后亦称男女合欢之所为"阳台"。

⑨设贫：救济穷人。咱：语气助字。

【双调·清江引】①

到头那知谁是谁，倏忽人间世②。百年有限身③，
三寸元阳气④，早寻个稳便处闲坐地。

又

秀才饱学一肚皮，要占登科记⑤。假饶七步才⑥，
未到三公位⑦，早寻个稳便处闲坐地。

又

凤凰燕雀一处飞⑧，玉石俱同类。分甚高共低，
辨甚真和伪？早寻个稳便处闲坐地。

【注释】

①钟嗣成有十首【清江引】，表现的都是人生如梦、全
 身远祸的思想，这可能反映了元代士人中一种极普
 遍的情绪。此选其中三首。

②倏（shū）忽人间世：言人的生命很短促。倏忽，很
 快，一下子。

③百年有限身：人生是有限的，即使活到一百年，也
 只是短暂的一瞬。

④元阳气：指生命的本原，即所谓"元气"。元时俗
 语有"三分气在千般用，一旦无常万事休"。

⑤登科记：科举时代把考中进士的人按名次登记在册

上，叫"登科记"。

⑥假饶：即使。七步才：形容才思十分敏捷。《世说新语·文学》："文帝（曹丕）尝令东阿王（曹植）七步中作诗，不成者行大法。应声便为诗曰：'煮豆持作羹，漉豉以作汁。其在釜下燃，豆在釜中泣。本自同根生，相煎何太急。'帝深有惭色。"

⑦三公位：辅助国君掌握军政大权的最高官员。西汉以大司马、大司徒、大司空为三公。

⑧"凤凰燕雀"句：喻良才、庸才一起被录用，不分良莠。

【双调·凌波仙】
吊周仲彬①

丹墀未知玉楼宣②，黄土应埋白骨冤。羊肠曲折云更变③。料人生亦惘然，叹孤坟落日寒烟。竹下泉声细，梅边月影回，因思君歌舞十全。

【注释】

①钟嗣成曾以【凌波仙】分别凭吊官大用、郑德辉等十七位元曲家，具有十分重要的史料价值，此选其凭吊周仲彬的一首。

②丹墀（chí）：古代宫殿前的台阶都以红色涂饰，故名。后多用以指代宫殿。玉楼宣：李贺临终时，忽见一红衣使者，云天帝白玉楼成，召其为记事。后指文人夭逝。

③羊肠：喻人生道路。云更变：喻命运变化。

周　浩

　　周浩，或作"周诰"，与钟嗣成同时代人。生平不详。其散曲仅存小令一首，为赞钟氏《录鬼簿》所作。

【双调·蟾宫曲】
题《录鬼簿》

想贞元朝士无多①，满目江山，日月如梭。上苑繁华②，西湖富贵，总付高歌。麒麟冢衣冠坎坷③，凤凰城人物蹉跎④。生待如何？死待如何？纸上清名，万古难磨⑤。

【注释】

①贞元：唐德宗年号，时用二王革新，后刘禹锡归朝，因兴物事人非之叹。其《听旧宫中乐人穆氏唱歌》诗有："曾随织女渡天河，记得云间第一歌。休唱贞元供奉曲，当时朝士已无多。"此处是用"贞元朝士"比拟元曲名家。

②上苑：帝王玩乐、游猎之所。

③麒麟冢：名人贵宦的坟墓。衣冠：指代名门望族。

④凤凰城：接近皇帝居住的地方，指高官集中居住的地方。

⑤"纸上清名"两句：是赞扬钟嗣成著成《录鬼簿》，可以万古流名。

汪元亨

汪元亨，字协贞，号云林，又号临川佚老，饶州（今江西鄱阳）人。生卒年不详。元至正间出仕浙江省掾，后徙居常熟。贾仲明《录鬼簿续编》有"至正间，与余交于吴门"之语，知其和贾仲明同时代，为元代后期曲家。所作杂剧有《斑竹记》、《仁宗认母》、《桃源洞》三种及南戏《父子梦栾城驿》，均失传。散曲今存《小隐馀音》，小令百首、套数一篇。《录鬼簿续编》云："有《归田录》一百篇行于世，见重于人。"

【正宫·醉太平】
警世①

辞龙楼凤阙，纳象简乌靴②。栋梁材取次尽摧折③，况竹头木屑。结知心朋友着疼热，遇忘怀诗酒追欢悦④，见伤情光景放痴呆⑤。老先生醉也。

又

憎苍蝇竞血⑥，恶黑蚁争穴。急流中勇退是豪杰，不因循苟且。叹乌衣一旦非王谢⑦，怕青山两岸分吴越⑧，厌红尘万丈混龙蛇⑨。老先生去也。

又

结诗仙酒豪⑩，伴柳怪花妖⑪。白云边盖座草团瓢⑫，是平生事了。曾闭门不受征贤诏⑬，自休官懒上长安道⑭，但探梅常过灞陵桥⑮。老先生俊倒⑯。

【注释】

①汪元亨曾作【醉太平】二十首，总题为"警世"，皆为警世叹时之作，此选其中三首。唐、宋以来，称呼达官显宦为"老先生"，元代称京官为"老先生"。此乃自称。

②"辞龙楼"两句：都是辞官之意。龙楼凤阙，指代帝王宫殿。象简乌靴，指代官宦生活。象简，象笏。乌靴，官靴。

③取次：任意，随便。

④忘怀：可以相互忘情的朋友。此句与上句"结知心朋友"互文。

⑤放痴呆：装痴呆。

⑥苍蝇竞血：像苍蝇争舔血腥一样。喻争权夺利为极可鄙的事。

⑦乌衣：乌衣巷，在今南京东南。东晋时王、谢诸望族曾居于此。

⑧吴越：吴国和越国，战国时两个互为仇敌的国家，因以喻敌对的势力。

⑨混龙蛇：喻好坏不分，贤愚莫辨。

⑩结诗仙酒豪：言结交一些诗朋酒友。诗仙，李白之伦。酒豪，刘伶之属。

⑪伴柳怪花妖：此处柳、花都比拟青楼歌妓。

⑫草团瓢：圆形的草屋。也叫"草团标"。

⑬征贤诏：征用贤才的诏书。《晋书·王褒传》："（褒）隐居教授，三征七辟，皆不就。"

⑭长安道：喻争名夺利的场所。

⑮灞陵：汉文帝的陵墓，在长安城东，附近有灞桥，是当时人们送别的地方。

⑯俊倒：笑煞，十分高兴。

【双调·雁儿落过得胜令】
归隐①

【雁儿落】闲来无妄想，静里多情况。物情螳捕蝉②，世态蛇吞象③。【得胜令】直志定行藏④，屈指数兴亡。湖海襟怀阔，山林兴味长。壶觞，夜月松花酿⑤；轩窗，秋风桂子香。

又

　　山翁醉似泥⑥，村酒甜如蜜。追思莼与鲈⑦，拨置名和利。鸡鹜乱争食⑧，鹬蚌任相持⑨。风雪双蓬鬓，乾坤一布衣。驱驰，尘事多兴废；依栖，云林少是非。

【注释】

①汪元亨作【雁儿落过得胜令】二十首，总题为"归隐"，皆表现其隐逸之志，今选其中二首。

②物情螳捕蝉：世情是强者欺侮弱者。《说苑·正谏》："园中有树，其上有蝉，蝉高居悲鸣饮露，不知螳螂在其后也；螳螂委身曲附欲取蝉，而不知黄雀在其后也。"

③世态蛇吞象：喻人心不足、贪得无厌。《山海经·海内南经》："巴蛇吞象，三岁而出其骨。"

④行藏：出仕和退隐。

⑤松花酿：一种淡黄色的酒。又叫"松醪"。

⑥山翁醉似泥：李白《襄阳歌》诗："傍人借问笑何事，笑杀山翁醉似泥。"本句中"山翁"乃自指。

⑦追思莼（chún）与鲈：此用晋张翰因秋风起而想起家乡的莼羹和鲈鱼脍，于是挂冠归田的典故。见姚燧【中吕·醉高歌】"感怀"注④。莼，多年生水草，嫩叶可烧汤。

⑧鸡鹜（wù）乱争食：喻平庸的人为一饮一啄而斗争。《楚辞·九章·怀沙》："凤凰在笯兮，鸡鹜翔

舞。"鹜，鸭子。

⑨鹬（yù）蚌任相持：喻双方为争夺利益，相持不下。

【双调·沉醉东风】
归田①

远城市人稠物穰②，近村居水色山光。熏陶成野叟情③，铲削去时官样④，演习会牧歌樵唱。老瓦盆边醉几场⑤，不撞入天罗地网⑥。

又

达时务呼为俊杰，弃功名岂是痴呆。脚不登王粲楼⑦，手莫弹冯驩铗⑧，赋归来竹篱茅舍。古今陶潜是一绝，为五斗腰肢倦折。

【注释】

①汪元亨作【双调·沉醉东风】二十首，总题为"归田"，皆表现其归隐田园之乐，今选其中二首。

②人稠物穰（ráng）：人口稠密，物品丰富。

③"熏陶成"句：因受老农的感染和陶冶成为老农似的情性。野叟，野老、老农。

④时官样：官场时行的模样。

⑤老瓦盆：粗陋的陶制酒器。

⑥天罗地网：喻无所不在、危机四伏的名利场。

⑦王粲：汉末文学家。西京丧乱，他避难荆州，投靠刘表，未被重用，于是作《登楼赋》抒发落寞情怀，因其主旨仍是对功名的热衷，故此云"脚不登王粲楼"。

⑧手莫弹冯骓铗（jiá）：冯骓在孟尝君家里做客，曾弹铗长歌，希望得到孟尝君的重视。冯骓也是追求事功的，故此云"莫弹"。

【中吕·朝天子】
归隐

　　长歌咏楚辞，细赓和杜诗①，闲临写羲之字②。乱云堆里结茅茨③，无意居朝市。珠履三千，金钗十二④，朝承恩暮赐死。采商山紫芝⑤，理桐江钓丝⑥，毕罢了功名事。

【注释】

①赓和：续和。杜诗：唐代大诗人杜甫之诗。

②羲之：东晋大书法家王羲之。

③茅茨（cí）：茅草搭成的房子。

④"珠履"两句：《史记·春申君列传》说楚春申君有客三千馀人，"上客皆蹑珠履"。《山堂肆考》载，唐牛僧孺家有金钗十二行。此处借用这两个典故以说明豪族之富奢、姬妾之盛。

⑤"采商山"句：指西汉隐士商山四皓。

⑥"理桐江"句：用东汉严子陵垂钓桐江的典故。

一分儿

一分儿，姓王，大都（今北京）歌伎。生平不详。今存散曲小令一首。

【双调·沉醉东风】①

红叶落火龙褪甲，青松枯怪蟒张牙。可咏题，堪描画，喜觥筹席上交杂②。答剌苏频斟入礼厮麻③，不醉呵休扶上马。

【注释】

①夏庭芝《青楼集》载："一日，丁指挥会才人刘士昌、程继善等于江乡园小饮。王氏佐樽。时有小姬歌《菊花会》南吕曲云：'红叶落火龙褪甲，青松枯怪蟒张牙。'丁曰：'此【沉醉东风】首句也，王氏可足成之。'王应声曰（见所录曲）。一座叹赏，由是声价愈重焉。"由此来看，此曲乃王氏即席而成，可见其聪慧。

②觥（gōng）筹：酒杯和酒令筹。

③答剌苏：蒙语，酒。礼厮麻：蒙语，杯。

杨维桢

　　杨维桢（1296—1370），字廉夫，号铁崖、东维子，会稽（今浙江绍兴）人。泰定四年（1327）进士。授天台县尹，杭州四务提举，建德路总管推官。元末农民起义爆发，杨维桢避寓富春江一带，张士诚屡召不赴，后隐居江湖，在松江筑园圃蓬台。江南才俊造门拜访者不绝。杨维桢为元代诗坛领袖，因"诗名擅一时，号铁崖体"，在元文坛独领风骚四十馀年。著有《东维子文集》、《铁崖先生古乐府》等。今存其小令一支，套数一篇。

【中吕·普天乐】^①

十月六日，云窝主者设燕于清香亭，侑卮者东平玉无瑕张氏也。酒半，张氏乞予乐章，为赋双飞燕调，俾度腔行酒，以佐主宾之欢。

玉无瑕，春无价，清歌一曲，俐齿伶牙。斜簪鬏髻花，紧嵌凌波袜。玉手琵琶弹初罢，怎教他流落天涯。抱来帐下，梨园弟子^②，学士人家。

【注释】

①按杨维桢《序》，此曲称【双飞燕】，但按格律实为【普天乐】。

②梨园弟子：唐玄宗知音律，好歌舞，尝选子弟三百，教于梨园，号"皇帝梨园弟子"。后世以歌舞、戏剧为业者皆称"梨园弟子"。

倪　瓚

倪瓚（1301—1374），字元镇，自号风月主人，又号云林子、沧浪漫士、净名庵主等，无锡（今属江苏）人。生平未曾出仕。元代大书画家。自幼读书，过目不忘。家有清闷阁，多藏法书、名画、秘籍。善诗，自然天成，又善琴操，精音律。至正初散财与亲友，弃家隐居五湖三泖间，与杨维桢、顾仲瑛、张雨等相唱和。自称"懒瓚"，亦称"倪迂"。明太祖平吴，倪瓚已年老，黄冠野服，混迹编氓以终。有《清闷阁集》，今存小令十二首。

【黄钟·人月圆】①

伤心莫问前朝事，重上越王台②。鹧鸪啼处，东风草绿，残照花开。怅然孤啸，青山故国，乔木苍苔。当时月明，依依素影③，何处飞来？

又

惊回一枕当年梦，渔唱起南津。画屏云嶂④，池塘春草，无限消魂。旧家应在，梧桐覆井，杨柳藏门。闲身空老，孤篷听雨，灯火江村。

【注释】

①倪瓒这两首【人月圆】抒发的都是故国之思，高古苍凉，风味与咏史诗词略同。

②越王台：当是越王勾践所筑的台榭。

③依依：隐约貌。

④嶂：屏障似的山峰。

【越调·小桃红】

秋江①

一江秋水澹寒烟，水影明如练，眼底离愁数行雁。雪晴天，绿蘋红蓼参差见②。吴歌荡桨，一声哀怨，惊起白鸥眠。

又

五湖烟水未归身③，天地双蓬鬓，白酒新篘会邻近④。主酬宾，百年世事兴亡运。青山数家，渔舟一叶，聊且避风尘。

【注释】

①倪瓒这两首【小桃红】描摹的都是秋日江色，清丽淡雅，宛如一幅着色之山水图。

②绿蘋：蕨类植物，生浅水中，叶柄长，顶端生四片小叶，又称"田字草"。红蓼：草本植物，生水边，花白色或浅红色。参差（cēncī）：长短不齐貌。

③"五湖烟水"句：暗用范蠡功成身退、浮游五湖的典故。

④白酒新篘：新过滤的白酒。

夏庭芝

　　夏庭芝，字伯和，一作"百和"，号雪蓑，别署雪蓑钓隐，一作"雪蓑渔隐"，松江（今属上海）巨族。生卒年不详。文章妍丽，乐府隐语极多。曾追忆旧游，著《青楼集》，为研究元曲演唱的极重要资料。与当时曲家张鸣善、朱凯、郝经、钟嗣成等交善。散曲今存小令二首。

【双调·水仙子】
赠李奴婢①

丽春园先使棘针屯②，烟月牌荒将烈焰焚③，实心儿辞却莺花阵④。谁想香车不甚稳，柳花亭进退无门。夫人是夫人分，奴婢是奴婢身，怎做夫人？

【注释】

①据《青楼集》载，李奴婢色艺绝伦，嫁与一蒙古官员，但终被休还。当时名公士大夫多为此赠与乐府、词章。夏庭芝这首【水仙子】即以此事为题。

②丽春园：即丽春院，名妓苏卿住处，后泛指妓院。屯：满布。

③烟月牌：妓女花牌。

④莺花阵：妓院的代称。

刘庭信

刘庭信，先名廷玉，排行第五，身长而黑，人称"黑刘五"，益都（今属山东）人。生卒年不详。钟嗣成《录鬼簿》说他"风流蕴藉，超出伦辈。风晨月夕，唯以填词为事，信口成句，能道人所不能道者"。存世小令三十九首，套数七篇。

【越调·寨儿令】
戒嫖荡①

掂折了玉簪②，摔碎了瑶琴③，若提着娶呵我到碜④。一去无音，那里荒淫。抛闪我到如今。他咱行无意留心⑤，咱他行白甚情深⑥。则不如把花笺糊了线贴，裁罗帕补了鸳衾，剪下的青丝发换了钢针。

【注释】

①刘庭信所作【寨儿令】凡十五首，总题为"戒嫖荡"，多以俚言俗语入曲，俏丽尖新，此选其中之一。

②掂折：折断。《董西厢》卷八："斑管虽圆被风裂，玉簪更坚也掂折。"

③瑶琴：饰以美玉的琴。

④"若提着"句：意谓如果提到娶我为妻一类的话，简直令我感到牙碜。

⑤他咱行：他那里。咱，于自称或称人时用于语尾。"他咱"即他，"你咱"即你。

⑥"咱他行"句：意谓我因为他白白地浪费了那么多的感情。

【双调·水仙子】
相思①

秋风飒飒撼苍梧，秋雨潇潇响翠竹，秋云黯黯迷烟树。三般儿一样苦，苦的人魂魄全无。云结就心间愁闷，雨少似眼中泪珠②，风做了口内长吁。

又

　　恨重叠、重叠恨、恨绵绵、恨满晚妆楼，愁积聚、积聚愁、愁切切、愁斟碧玉瓯③，懒梳妆、梳妆懒、懒设设、懒爇黄金兽④。泪珠弹、弹珠泪、泪汪汪、汪汪不住流，病身躯、身躯病、病恹恹⑤，病在我心头。花见我、我见花、花应憔瘦，月对咱、咱对月、月更害羞，与天说、说与天、天也还愁。

【注释】

①从体式来看，刘庭信的这两首【水仙子】差别较大。可见与诗词相比，曲作为文体还是很不规范、稳定的。这两首同样写相思，其风味与诗词风味迥然有别。一以奇思妙想取胜，一以反复体（元曲巧体之一）为特色，都将相思渲染得淋漓尽致。

②少似：恰似。

③碧玉瓯：碧玉制成的酒杯。

④爇（ruò）：点燃，燃烧。黄金兽：饰以黄金色的兽形香炉。此指香。

⑤恹恹（yān）：有病的样子。

【双调·折桂令】
忆别①

　　想人生最苦离别，唱到阳关②，休唱三叠。急煎煎抹泪揉眵③，意迟迟揉腮挽耳④，呆答孩闭口藏舌⑤。情儿分儿你心里记者，病儿痛儿我身上添些。家儿活儿既是抛撇，书儿信儿是必休绝。花儿草儿打听的风声⑥，车儿马儿我亲自来也！

又

想人生最苦离别，经过别离，才识别离。早晨间少婢无奴，晌午后寻朋觅友，到黄昏忆子思妻。咚咚咚鼓声动心忙意急，支支支角声哀魂散魄飞。钟声儿紧紧的相随，漏声儿点点的临逼。想平生受过的凄凉，呆答孩软了身己⑦。

又

想人生最苦离别，雁杳鱼沉⑧，信断音绝。娇模样甚实曾丢抹⑨，好时光谁曾受用，穷家活逐日绷拽⑩。才过了一百五日上坟的日月⑪，早来到二十四夜祭灶的时节⑫。笃笃寞寞终岁巴结⑬，孤孤另另彻夜咨嗟⑭。欢欢喜喜盼的他回来，凄凄凉凉老了人也。

【注释】

①刘庭信这三首【折桂令】写别离之情，都极尽夸张、诙谐之能事，别有趣味。若以此别离之曲，与秦、周之别离词相较，可谓迥然有别。

②阳关：阳关曲。唐宋时送别曲，词乃王维《送元二使安西》绝句，因多重唱三遍，故称"三叠"。

③眵（chī）：眼屎。

④揉腮揪（juē）耳：犹言抓耳挠腮。

⑤呆答孩：发痴、发呆状。闭口藏舌：说不出话来。

⑥花儿草儿：喻男女私情事。风声：消息。

⑦身己：身体。

⑧雁杳鱼沉：古有鱼雁传书故事，此比喻没有音信。

⑨甚实：何时。丢抹：同"丢丢抹抹"，打扮之意。

⑩穷家活：穷困的生活。逐日绷（bēng）拽（zhuài）：
每日勉强支撑。

⑪一百五日上坟的日月：自冬至过一百五日，为寒食
节，即清明节前一日或二日，传统习俗为踏青扫墓
的时节。

⑫二十四夜祭灶的时节：旧历腊月二十四为民间祭祀
灶神的节日。

⑬笃笃寞寞：宋元俗语，即"笃寞"的重言，周旋、
徘徊之意。巴结：辛苦，努力。

⑭咨嗟（jiē）：叹息。

兰楚芳

兰楚芳，西域人。生卒年不详。曾为江西元帅，丰神英秀，才思敏捷。曾与刘庭信在武昌赓和乐章，时人誉为元、白。今存小令九首，套数三篇。

【南吕·四块玉】

风情①

我事事村②，他般般丑③。丑则丑，村则村，意相投。则为他丑心儿真，博得我村情儿厚。似这般丑眷属，村配偶，只除天上有。

【注释】

①兰楚芳这首【四块玉】表现的男女爱情，不是常见的才子佳人、亮男丽女，而是"事事村"、"般般丑"的村夫愚妇，别有一种率真、可爱。

②村：村野，粗俗。

③般般：件件。

【双调·沉醉东风】①

金机响空闻玉梭，粉墙高似隔银河②。闲绣床，纱窗下过，佯咳嗽喷绒香唾③。频唤梅香为甚么，则要他认的那声音儿是我。

【注释】

①诗、词以抒情为主，曲在抒情之外，也有描写、叙事。兰楚芳这首【沉醉东风】描写恋爱中女子的言行、心理，极为贴切生动。

②"金机"两句：意谓自己与情人如同天上的牛郎、织女一样，很难有机会见面。

③佯：假装。此句谓假装咳嗽以便引起情人的注意。

高　明

　　高明，字则诚，号菜根道人。永嘉平阳（今属浙江）人。约生于元成宗大德年间，至正五年（1345）进士，授处州录事，辟丞相掾。后旅寓鄞之栎社沈氏楼居，因作戏文《琵琶记》。卒于明初，年七十馀。《琵琶记》外，又有诗文集《柔可斋集》。今存散曲小令两支，套数一篇。

【商调·金络索挂梧桐】

咏别①

羞看镜里花，憔悴难禁架，耽阁眉儿淡了教谁画②。最苦魂梦飞绕天涯，须信流年鬓有华。红颜自古多薄命，莫怨东风当自嗟③。无人处，盈盈珠泪偷弹洒琵琶。恨那时错认冤家，说尽了痴心话。

又

一杯别酒阑④，三唱阳关罢，万里云山两下相牵挂。念奴半点情与伊家⑤，分付些儿莫记差。不如收拾闲风月⑥，再休惹朱雀桥边野草花⑦。无人把，萋萋芳草随君到天涯⑧。准备着夜雨梧桐，和泪点常飘洒。

【注释】

①元人散曲多为北曲，亦有少量南曲，高则诚这两首【金络索挂梧桐】都是南曲。大概而言，南曲更近于词，比北曲更老实、规矩，于此可见一斑。

②"眉儿淡了"句：此暗用汉张敞为妻画眉的故事。

③"红颜"二句：欧阳修《再和明妃曲》诗有："红颜胜人多薄命，莫怨春风当自嗟。"此用其语，而稍有变易。

④阑：尽。与后文"三唱阳关罢"的"罢"字同义。

⑤伊：你。家：语气助词。

⑥收拾：意谓摆脱、结束。闲风月：喻非正式的男女情爱。

⑦ "再休惹"句：言不要招蜂惹蝶，寻花问柳。刘禹锡《乌衣巷》诗有："朱雀桥边野草花，乌衣巷口夕阳斜。"此借用其诗句而不用其意，恰成谐趣。

⑧ 萋萋芳草：刘安《招隐士》赋有："王孙游兮不归，春草生兮萋萋。"萋萋，草木茂盛貌。

汤　式

　　汤式，字舜民，号菊庄，宁波（今属浙江）人。生平不详。初为本县吏，后落魄江湖间。曾长期居住在南京。明成祖在燕邸时，遇之甚厚，永乐间仍有赏赐。性滑稽，工散曲，有《笔花集》，江湖盛传。著杂剧《瑞仙亭》、《娇红记》两种，皆俱失传。现存小令一百七十首，套数六十八篇。

【正宫·小梁州】
扬子江阻风①

篷窗风急雨丝丝，闷撚吟髭②。维扬西望渺何之③，无一个鳞鸿至④，把酒问篙师⑤。【幺】他迎头儿便说干戈事，待风流再莫追思。塌了酒楼，焚了茶肆。柳营花市⑥，更说甚呼燕子唤莺儿。

九日渡江

秋风江上棹孤舟，烟水悠悠，伤心无句赋登楼⑦。山容瘦，老树替人愁。【幺】樽前醉把茱萸嗅⑧，问相知几个白头。乐可酬，人非旧。黄花时候⑨，难比旧风流。

又

秋风江上棹孤航，烟水茫茫，白云西去雁南翔。推篷望，清思满沧浪。【幺】东篱载酒陶元亮⑩，等闲间过了重阳。自感伤，何情况。黄花惆怅，空作去年香。

【注释】

①汤式这三首【小梁州】或抒发江山易代之感，或抒发羁旅行役之愁，都用笔老道，不失为第一流作手。

②髭（zī）：嘴上边的胡子。

③维扬：指扬州。

④鳞鸿：代指书信。

⑤篙师：船夫。

⑥柳营花市：妓院一类的场所。

⑦"伤心"句：汉末王粲去荆州投奔刘表，未被礼遇，偶登当阳城楼，作《登楼赋》抒发其怀才不遇之感。此则反其义而用之。

⑧茱萸（zhūyú）：一种有香气的植物。古代风俗，重阳日佩茱萸登高，饮菊花酒，可以避灾。

⑨黄花时候：意谓又是菊花开放的时节。

⑩"东篱"句：晋陶潜，字渊明，或云字渊明，名元亮。陶渊明《饮酒》诗有"采菊东篱下，悠然见南山"，故此处"东篱"、"元亮"皆指陶渊明。

【中吕·谒金门】
落花二令①

落花，落花，红雨似纷纷下。东风吹傍小窗纱，撒满秋千架。忙唤梅香，休教践踏。步苍苔选瓣儿拿。爱他，爱他，擎托在鲛绡帕②。

又

落红，落红，点点胭脂重。不因啼鸟不因风，自是春搬弄。乱撒楼台，低扑帘栊。一片西一片东。雨雨，风风，怎发付孤栖凤③。

【注释】

①这两首【谒金门】题咏的都是"落花"，而所指皆在情事，写得婉丽动人。

②鲛绡（xiāo）帕：即指手帕。鲛绡，传说由鲛人所织的绡。

③“怎发付”句：犹言孤单栖身的我怎生对付。

【双调·蟾宫曲】①

冷清清人在西厢，叫一声张郎，骂一声张郎②。乱纷纷花落东墙，问一会红娘，絮一会红娘③。枕儿馀，衾儿剩，温一半绣床，间一半绣床。风儿斜，月儿细，开一扇纱窗，掩一扇纱窗。荡悠悠梦绕高唐④，萦一寸柔肠，断一寸柔肠。

【注释】

①这首【蟾宫曲】所用的重句体，为元曲巧体之一。同样是代言，本曲中反映的率真热情的莺莺与《西厢记》中腼腆含蓄的莺莺大有不同。

②张郎：即《西厢记》的男主角张生。

③“絮一会”句：意谓絮絮叨叨地问红娘有没有张生来到的消息。

④梦绕高唐：指代男女欢爱之事。

【双调·庆东原】
京口夜泊①

故园一千里，孤帆数日程，倚篷窗自叹漂泊命③。城头鼓声，江心浪声，山顶钟声。一夜梦难成，三处愁相并③。

【注释】

①京口：今江苏镇江。

②漂泊：流离无定。

③三处愁相并：三处，指城头、江心和山顶。

【中吕·满庭芳】
京口感怀①

残花剩柳，摧垣废屋，新冢荒丘。海门天堑还依旧，滚滚东流。铁瓮城横刺着虎口②，金山寺高镇着鳌头③。斜阳候，吟登舵楼，灯火望扬州。

【注释】

①汤式这首【满庭芳】感时伤世，高古苍凉，为曲中所鲜见。

②铁瓮城：镇江北固山前的古城，牢不可破，故号"铁瓮"。

③金山寺：镇江西北金山上的名寺。

杨讷

　　杨讷，字景贤，或作"景言"，蒙古人，居钱塘（今浙江杭州）。生卒年不详。因从姐夫杨镇抚，人以杨姓称之。善琵琶，好戏谑，乐府出人头地。永乐初，与汤式并遇恩宠。后卒于金陵（今江苏南京）。著杂剧《风月海棠亭》、《生死夫妻》、《刘行首》、《西游记》四种，前两种今佚，后两种存。现存小令两首，套数一篇。

【中吕·红绣鞋】
咏虼蚤①

小则小偏能走跳，咬一口一似针挑②。领儿上走到裤儿腰，眼睁睁拿不住，身材儿怎生捞。翻个筋斗不见了。

【注释】

①元曲不避俚俗，一是不避俚言俗语，一是不避俗题，这两个方面杨讷的这首【红绣鞋】"咏虼蚤"都能占全。虼（gé）蚤，跳蚤。

②一似：好似。

邵亨贞

邵亨贞（1309—1401），字复孺，号清溪，云间（今上海松江区）人。由元入明。通博敏瞻，虽阴阳医卜之书，靡不精核。元时为松江训导，为子所累罢官，远戍颍上，后赦还。诗文外还长于书法，著《野处集》、《议术诗选》、《议术词选》。今存小令两首。

【越调·凭栏人】
题曹云西翁赠妓小画①

谁写江南一段秋，妆点钱塘苏小楼②？楼中多少愁，楚山无断头。

【注释】

①此为题画之作，境界、韵味略同于绝句、小词。

②苏小：苏小小，南朝齐时钱塘名妓，葬于西湖边。据传苏小小尝作古词云："妾乘油壁车，郎跨青骢马。何处结同心，西陵松柏下。"唐代著名诗人白居易、刘禹锡皆有诗称之，故唐宋以来苏小小甚为有名。

刘燕哥

刘燕哥，元代歌伎。生平不详。今存散曲小令一首。张思岩《词林纪事》引《青泥莲花记》云："刘燕哥善歌舞。齐参议还山东，刘赋《太常引》以饯，至今脍炙人口。"

【仙吕·太常引】
钱齐参议归山东

故人送我出阳关①，无计锁雕鞍②。今古别离难，兀谁画娥眉远山③。一樽别酒，一声杜宇，寂寞又春残。明月小楼间，第一夜相思泪弹④。

【注释】

①阳关：关名，在甘肃敦煌西南，泛指送别之地。

②锁雕鞍：意谓将人留住。雕鞍，有雕饰的马鞍。

③兀谁：谁。兀，代词前缀，无实在意义。远山：汉张敞为其妻画眉，据传形如远山，称"远山眉"。

④第一夜相思：离别的第一夜，备感痛苦。

无名氏

【正宫·醉太平】
讥贪小利者①

夺泥燕口②，削铁针头③，刮金佛面细搜求④，无中觅有。鹌鹑嗉里寻豌豆⑤，鹭鸶腿上劈精肉⑥，蚊子腹内剜脂油⑦。亏老先生下手！

【注释】

①曲尚谐趣，这首【正宫·醉太平】讥讽吝啬人，极尽夸张之能事，令人解颐。

②夺泥燕口：从燕子口里夺泥。泥，指燕子筑巢所用的泥土。

③削铁针头：从针头上削铁。

④刮金佛面：从佛像面上刮金。

⑤鹌鹑：鸟名，头尾短，状如小鸡。嗉（sù）：鸟类食囊。

⑥鹭鸶（lùsī）：水鸟名，腿长而细瘦，栖沼泽中，捕食鱼类。劈：用刀刮。精肉：瘦肉。

⑦剜（kū）：剖，挖。

【正宫·醉太平】①

堂堂大元②，奸佞专权③。开河变钞祸根源④，惹红巾万千⑤。官法滥⑥，刑法重，黎民怨。人吃人，钞买钞⑦，何曾见。贼做官，官做贼，混愚贤。哀哉可怜！

【注释】

①这首曲可能在元末流传甚广，本见元末明初人陶宗仪《辍耕录》卷二十二。原注云："《醉太平》小令一阕，不知谁所造。自京师至江南，人人能道之。"

②堂堂：气象宏大庄严。

③奸佞（nìng）：巧言谄媚的坏人。指元末丞相托托、参议贾鲁等人。

④开河：指开掘黄河故道。据史书载，元至正十一年（1351），右丞相托托、参议贾鲁等曾以修复河道为名，扰民敛财。变钞：据史书载，元至元二十四年（1287），始行钞法（纸币），称"至元钞"；至正十年（1350），更定钞法，是为"至正钞"，纸质低劣，不久即腐烂，不堪转换，弄得物价腾贵，民怨沸腾。

⑤红巾：元末以韩山童、刘福通为首的农民起义军，义军都用红巾裹头，故名。

⑥官法滥：指官吏贪污成风和拿钱买官。

⑦钞买钞：指更定钞法后，旧钞与新钞的倒换买卖。

【正宫·塞鸿秋】①

爱他时似爱初生月，喜他时似喜梅梢月，想他时道几首西江月，盼他时似盼辰钩月。当初意儿别，今日相抛撇，要相逢似水底捞月。

山行警

东边路西边路南边路，五里铺七里铺十里铺②，行一步盼一步懒一步。霎时间天也暮日也暮云也暮，斜阳满地铺，回首生烟雾。兀的不山无数水无数情无数③。

宴毕警

灯也照星也照月也照，东边笑西边笑南边笑，忽听的钧天乐箫韶乐云和乐④，合着这大石调小石调黄钟调⑤。银花遍地飘，火树连天照⑥。喜的是君有道臣有道国有道。

村夫饮

宾也醉主也醉仆也醉，唱一会舞一会笑一会，管甚么三十岁五十岁八十岁，你也跪他也跪恁也跪⑦。无甚繁弦急管催⑧，吃到红轮日西坠，打的那盘也碎碟也碎碗也碎。

【注释】

①从风格来看，这四首【塞鸿秋】都工于文字，颇有曲味，写得饶有趣味。前三首似应出自同一人手笔。

②铺：古代的驿站或兵站，可为旅客提供食宿。

③兀的不：如何不，怎不。

④钧天乐、箫韶乐、云和乐：三种曲调名，唐宋以来宫廷及上流社会经常演奏。

⑤大石调、小石调、黄钟调：都是宫调名。

⑥银花、火树：形容灯光、烟火绚丽灿烂。苏味道《正月十五》诗："火树银花合，星桥铁锁开。"

⑦跪：指跪坐。

⑧繁弦急管：繁多热闹的音乐伴奏。

【仙吕·一半儿】

南楼昨夜雁声悲①，良夜迢迢玉漏迟②。苍梧树底叶成堆，被风吹，一半儿沾泥一半儿飞。

【注释】

①"南楼"句：化用赵嘏《寒塘》诗句："乡心正无限，一雁过南楼。"

②玉漏：计时的漏壶。

【仙吕·游四门】

海棠花下月明时，有约暗通私①。不甫能等得红娘至②，欲审旧题诗③。支，关上角门儿④。

【注释】

①约暗通私：即幽情密约。

②不甫能：刚刚，恰才。

③审：问明。

④角门：边门。

【仙吕·寄生草】
闲评

人百岁，七十稀①。想着他罗裙窄地宫腰细②，花钿渍粉秋波媚③，金钗欹枕乌云坠④。暮年翻忆少年游⑤，不如今朝醉了明朝醉。

又

有几句知心话，本待要诉与他。对神前剪下青丝发，背爷娘暗约在湖山下，冷清清湿透凌波袜⑥。恰相逢和我意儿差，不剌你不来时还我香罗帕⑦。

遇美

猛见他朱帘下过，引的人没乱煞。少一枝杨柳瓶中插，少一串数珠胸前挂，少一个化生儿立在傍壁下⑧。人道是章台路柳出墙花⑨，我猜做灵山会上活菩萨⑩。

【注释】

①七十稀：杜甫《曲江》诗："酒债寻常行处有，人生七十古来稀。"

②窣（sū）地：拂地。官腰：瘦腰。

③花钿（diàn）：花形头饰。秋波：指眼睛明亮如水。

④欹（qī）：斜，侧。乌云：指秀发。

⑤翻忆：回忆。

⑥凌波袜：即秀袜，出典自曹植《洛神赋》"凌波微步"。

⑦不剌：系衬字，为话语搭头性质，犹之云"兀良"或"兀剌"，常用来转接语气。关汉卿《拜月亭》杂剧："我怨感我合哽咽，不剌你啼哭你为甚迭？"

⑧化生儿：本指蜡制的婴孩画像。古时风俗，于七夕

弄化生，祝人生子。薛能《吴姬》诗："芙蓉殿上中元日，水拍银盘弄化生。"此形容女子玲珑可爱。

⑨章台路柳出墙花：指妓女。章台路，为汉代长安城歌妓集中居住的一条街道。

⑩灵山会：佛教盛会。灵山，佛家称"灵鹫山"为"灵山"。《五灯会元》："世尊在灵山会上，拈花示众。"

【中吕·喜春来】①

天孙一夜停机暇②，人世千家乞巧忙③。想双星心事密话儿长④。七月七，回首笑三郎⑤。

又

伤心白发三千丈⑥，过眼金钗十二行⑦。老来休说少年狂。都是谎，樽有酒且徜徉⑧。

又

窄裁衫褾安排瘦⑨，淡扫蛾眉准备愁。思君一度一登楼⑩。凝望久，雁过楚天秋。

【注释】

①这三首【喜春来】虽题材不一，但都写得干净清丽。

②天孙：织女。暇：空闲。

③乞巧：农历七月七日，民间称"乞巧节"，七夕夜有妇女向月穿针的风俗。

④双星：牵牛星与织女星。密话儿：悄悄话。此指情话。

⑤三郎：唐玄宗李隆基的小名。

⑥"伤心白发"句：化用李白《秋浦歌》诗："白发
三千丈，缘愁似个长。"

⑦金钗十二行：此喻歌舞之盛，据说唐牛僧孺家有金
钗十二行，此用其典。

⑧徜徉（chángyáng）：自由自在地来回走。

⑨褃（kèn）：衣服腋下前后相连的部分。

⑩一度：一回，一次。

【中吕·红绣鞋】①

一两句别人闲话，三四日不把门踏②，五六日
不来呵在谁家？七八遍买龟儿卦③，久已后见他么，
十分的憔悴煞。

又

我为你吃娘打骂，你为我弃业抛家。我为你胭
脂不曾搽，你为我休了媳妇，我为你剪了头发。咱
两个一般的憔悴煞④。

又

裁剪下才郎名讳⑤，端详了展转伤悲。把两个
字灯焰上燎成灰⑥，或擦在双鬓角，或画作远山眉。
则要我眼跟前常见你。

【注释】

①此曲为嵌字体（元曲巧体之一），每句嵌一数字，自
一至十。元曲中也有分别嵌自十至一的数字的，如

郑光祖《倩女离魂》第三折【尧民歌】："想十年身到凤凰池，和九卿相八元辅劝金杯，则他那七言诗六合里少人及，端的个五福全四气备占伦魁，震三月春雷，双亲行先报喜，都为这一纸登科记。"

②躜（chǎ）：宋元俗语，踏。

③买龟儿卦：出钱算卦。

④一般：一样。

⑤名讳：名字。古时对尊者忌讳直呼其名，故云。

⑥燎：燃烧。

【中吕·朝天子】①

早霞，晚霞，装点庐山画。仙翁何处炼丹砂②，一缕白云下。客去斋馀③，人来茶罢，叹浮生指落花。楚家，汉家，做了渔樵话④。

志感

不读书有权，不识字有钱，不晓事倒有人夸荐。老天只恁忒心偏⑤，贤和愚无分辨。折挫英雄，消磨良善，越聪明越运蹇⑥。志高如鲁连⑦，德高如闵骞⑧，依本分只落的人轻贱。

又

不读书最高，不识字最好，不晓事倒有人夸俏。老天不肯变清浊，好和歹没条道。善的人欺，贫的人笑，读书人都累倒。立身则小学，修身则大学⑨。智和能都不及鸭青钞⑩。

【注释】

①这三首【朝天子】,前一首与后两首差异较大,主要
　　因后两首多用衬字。

②丹砂:道家烧炼制丹的原料。

③斋馀:素食之馀,饭后。

④渔樵话:渔人、樵夫的闲谈。

⑤恁:如此。忒:太。

⑥运蹇(jiǎn):命运恶劣。

⑦鲁连:鲁仲连,战国时齐国高士。

⑧闵骞:闵子骞,孔子弟子,以德行称。

⑨小学、大学:《大戴礼记》云:"古者年八岁而出就外
　　舍,学小艺焉,履小节焉。束发而就太学,学大艺
　　焉,履大节焉。"故云"立身则小学,修身则大学"。

⑩鸭青钞:钱钞。

【中吕·十二月过尧民歌】①

【十二月】看看的相思病成,怕见的是八扇帷屏。
一扇儿双渐苏卿,一扇儿君瑞莺莺,一扇儿越娘背
灯,一扇儿煮海张生。【尧民歌】一扇儿桃源仙子遇
刘晨,一扇儿崔怀宝逢着薛琼琼,一扇儿谢天香改
嫁柳耆卿,一扇儿刘盼盼昧杀八官人。哎,天公,
天公,教他对对成,偏俺合孤另②。

【注释】

①这首带过曲主要用赋体笔法,以八种当时流行的才

子佳人、成双成对故事来对称自家的孤单。

②合：应当。孤另：即孤零。

【黄钟·红锦袍】①

那老子彭泽县懒坐衙，倦将文案押②，数十日不上马。柴门掩上咱，篱下看黄花。爱的是绿水青山。见一个白衣人来报③，来报五柳庄幽静煞。

【注释】

①这支曲以叙事笔法写陶渊明归隐事，颇富趣味。

②押：在文书、字画、契据上署名或作记号。

③白衣人：指使者。

【大石调·阳关三叠】①

渭城朝雨浥轻尘②，更洒遍客舍青青。弄柔凝千缕，更洒遍客舍青青。弄柔凝翠色，更洒遍客舍青青，弄柔凝柳色新。休烦恼，劝君更尽一杯酒，人生会少。自古富贵功名有定分。休烦恼，劝君更尽一杯酒，旧游如梦，只恐怕西出阳关，眼前无故人！休烦恼，劝君更尽一杯酒，只恐怕西出阳关，眼前无故人！

【注释】

①王维《送元二使安西》原诗为："渭城朝雨浥轻尘，客舍青青柳色新。劝君更尽一杯酒，西出阳关无故

人。"此诗自唐代以来即传唱甚广，此曲则反映了其作为声诗时所发生的变化。

②浥：沾湿。

【商调·梧叶儿】
嘲女人身长①

身材大膊项长，难匹配怎成双。只道是巨无霸的女②，原来是显神道的娘③。我这里细端详，还只怕你明年又长。

嘲谎人

东村里鸡生凤，南庄上马变牛，六月里裹皮裘。瓦垄上宜栽树④，阳沟里好驾舟⑤。瓮来大肉馒头⑥，俺家的茄子大如斗。

【注释】

①这两首【梧叶儿】题材、造语都不避俚俗，显得滑稽老辣。

②巨无霸：亦作"巨毋霸"，西汉末巨人。据说长丈大十围，轺车不能载，三马不能胜。王莽留之于新丰，改姓为"巨毋氏"。后任其为尉，驱兽出阵，以助威。

③神道：神祇，尤指天地之神。

④瓦垄：屋顶上的瓦行。

⑤阳沟：屋宅边排水的浅沟。

⑥瓮来大：如瓮缸那么大。来，语助词。

【商调·梧叶儿】

正月①

年时节，元夜时，云鬟插小桃枝。今年早，不见你，泪珠儿，滴满了春衫袖儿。

三月

春三月，花满枝，秋千惹绿杨丝。才蹴罢②，舒玉指，摸腰儿：谁拾得鲛绡帕儿③？

四月

清和节，近洛时，寻思了又寻思。新荷叶，浑厮似④，花面儿⑤，贴在我芙蓉额儿。

【注释】

①无名氏所作【梧叶儿】分咏十二月，都纤巧可喜，今选其中三首。

②蹴（cù）：即蹴鞠（鞠，古代的一种皮球）。罢：完了，结束。

③鲛绡帕：即手帕。

④浑厮似：还相似。

⑤花面儿：古代妇女常在额上贴各种形状、颜色的花子，以为装饰。"花子"又称"花面"，此风至明初犹然。

【双调·水仙子】

张果老①

驼腰曲脊六旬高，皓首苍髯年纪老。云游走遍红尘道，驾白云驴驮高^②，向赵州城压倒石桥。柱一条斑竹杖，穿一领粗布袍，也曾赴蟠桃。

李岳

笔尖吏业不侵夺^③，跳入长生安乐窝。绸衫身上都穿破，铁拐向内拖。乱哄哄发似松科。岂想重裀卧^④，不恋皓齿歌^⑤，每日价散诞蹉跎^⑥。

【注释】

①今存元散曲有无名氏作【水仙子】八首，分别以"八仙"为题，保存了宋元时代相关"八仙"身份、穿扮、性情等方面的史料，极为可贵，即作为人物描摹的散曲看，也颇为难得。

②"驾白云"句：后世"八仙"传说中，张果老的主要特点就是驾云骑驴。

③"笔尖吏业"句：铁拐李岳被吕洞宾度脱前曾为刀笔吏，故云"笔尖吏业不侵夺"。

④重裀（yīn）：喻富贵人家极其舒适的床被。裀，垫子，褥子。

⑤皓齿歌：喻声色享受。皓齿，洁白的牙齿。

⑥散诞：逍遥自在。蹉跎：本指虚度光阴，此与散诞同义。

【南吕·骂玉郎过感皇恩采茶歌】
鏖兵^①

【骂玉郎】牛羊犹恐他惊散，我子索手不住紧遮拦^②，恰才见枪刀军马无边岸，唬的我无人处走。走到浅草里听，听罢也向高阜处偷睛看③。【感皇恩】吸力力振动地户天关④，唬的我扑扑的胆战心寒⑤。那枪忽的早刺中彪躯，那刀亨地掘倒战马⑥，那汉扑地抢下征鞍⑦，俺牛羊散失，您可甚人马平安？把一座介丘县，生纽做枉死城，却翻做鬼门关⑧。【采茶歌】败残军受魔障⑨，得胜将马奔顽⑩。子见他歪剌剌赶过饮牛湾⑪，荡的那卒律律红尘遮望眼⑫，振的这滴溜溜红叶落空山。

【注释】

① 曲多用赋体，较适合状物或叙事，此曲以牧羊人的眼光描述一场激烈的战争，极为生动贴切。

② 子索：只得。

③ 阜：土堆，小山岗。

④ 吸力力：拟声词。

⑤ 扑扑：心跳声。

⑥ 忽、亨（pēng）：俱为象声词。彪躯：魁梧的身躯。

⑦ 扑：拟声词。抢下：倒栽葱跌下。

⑧ 枉死城、鬼门关：佛教地狱中的地方。此喻伤亡人很多。

⑨ 魔障：指灾难。

⑩ 奔顽：狂奔。

⑪ 子：只。歪剌剌：拟声词，同"哗啦啦"。

⑫ 卒律律：拟声词，模拟起风的声音。

【双调·水仙子】

临行愁见整行李，几日无心扫黛眉①。不如饮的奴先醉②，他行时我不记的，不强似眼睁睁两下分离③？但去着三年五岁，更隔着千山万水，知他甚日来的④？

喻纸鸢⑤

丝纶长线寄天涯⑥，纵放由咱手内把。纸糊披就里没牵挂，被狂风一任刮，线断在海角天涯。收又收不下，见又不见他，知他流落在谁家？

【注释】

①扫黛眉：描眉。

②奴：女子的自称。

③不强似：胜过。

④来的：来得，得以回来。

⑤纸鸢（yuān）：鸟形的风筝。此曲模拟闺中思妇的口吻，将远游在外的夫婿喻为风筝，颇具诙谐趣味。

⑥纶：数股合成的线绳。

附录

睢景臣

睢景臣，一作"舜臣"，字景贤，扬州人。早期元曲作家。生卒年不详。尝作杂剧《莺莺牡丹记》、《千里投人》、《屈原投江》等三种，今俱不存。其散曲今存套数三篇，【般涉调·哨遍】"高祖还乡"套最为著名，钟嗣成《录鬼簿》云："维扬诸公，俱作《高祖还乡》套，唯公【哨遍】制作新奇，诸公皆出其下。"史载汉高祖刘邦曾于汉十二年（前195）回故乡沛县，召故人父老子弟佐酒，且自为歌诗云："大风起兮云飞扬，威加海内兮归故乡，安得猛士兮守四方。"睢景臣的这篇套曲即以此事为题，但角度很特别，他从一沛县乡民的眼光进行描述，极尽讽刺揶揄之能，除掉了"天子神圣"之光环，还其流氓无赖之本色。

【般涉调·哨遍】
高祖还乡

【哨遍】社长排门告示①，但有的差使无推故②。这差使不寻俗③，一壁厢纳草也根④，一边又要差夫⑤。索应付⑥，又言是车驾，都说是銮舆⑦，今日还乡故。王乡老执定瓦台盘⑧，赵忙郎抱着酒胡芦。新刷来的头巾，恰糨来的绸衫⑨，畅好是妆幺大户⑩。

【耍孩儿】瞎王留引定火乔男妇⑪，胡踢蹬吹笛擂鼓⑫。见一彪人马到庄门⑬，匹头里几面旗舒⑭。一面旗白胡阑套住个迎霜兔⑮，一面旗红曲连打着个毕月乌⑯，一面旗鸡学舞⑰，一面旗狗生双翅⑱，一面旗蛇缠葫芦⑲。

【五煞】红漆了叉，银铮了斧⑳，甜瓜苦瓜黄金镀㉑。明晃晃马镫枪尖上挑㉒，白雪雪鹅毛扇上铺㉓。这些个乔人物㉔，拿着些不曾见的器仗，穿着些大作怪衣服㉕。

【四煞】辕条上都是马，套顶上不见驴，黄罗伞柄天生曲㉖。车前八个天曹判㉗，车后若干递送夫，更几个多娇女㉘，一般穿着，一样妆梳。

【三煞】那大汉下的车，众人施礼数。那大汉觑得人如无物，众乡老展脚舒腰拜，那大汉那身着手扶㉙。猛可里抬头觑㉚，觑多时认得，险气破我胸脯。

【二煞】你身须姓刘㉛，您妻须姓吕，把你两家儿根脚从头数㉜：你本身做亭长耽几盏酒㉝，你丈人教村学读几卷书。曾在俺庄东住，也曾与我喂牛切草，拽坝扶锄㉞。

【一煞】春采了桑，冬借了俺粟，零支了米麦无重数。换田契强秤了麻三秤㉟，还酒债偷量了豆几斛㊱。有甚胡突处，明标着册历㊲，见放着文书㊳。

【尾声】少我的钱差发内旋拨还㊴，欠我的粟税粮中私准除㊵。只道刘三谁肯把你揪捽住㊶，白甚么改了姓更了名唤做汉高祖㊷。

【注释】

①社：古时地方基层组织单位，相当于"里"，以二十家为一社。排门：挨家挨户。告示：通知。

②但有的：所有的。无推故：不得借故推辞。

③不寻俗：不寻常。

④一壁厢：一边。

⑤差夫：摊派劳役。

⑥索：须。

⑦銮舆：帝王乘座的车子。

⑧乡老：乡村中的头面人物，一般为年老有德者。瓦台盘：瓦制的托盘。

⑨糨（jiàng）：同"浆"，衣服洗净后打一层米汁在上面，晒干后熨平。

⑩畅好是：真正是。妆幺（yāo）：装模作样。大户：有财有势的人家。

⑪王留：元曲中常用来称指乡下人。火：同"伙"、"夥"。乔男妇：耍奸使坏的人。

⑫胡踢蹬：胡乱地。

⑬一彪（biāo）人马：一大队人马。

⑭匹头里：犹劈头、当头。舒：展开。

⑮"白胡阑"句：指月旗。"胡阑"二字是"环"的合音。迎霜兔，玉兔。古代神话谓月中有玉兔捣药。可见旗上画的是白环里套住只白玉兔，即月旗。

⑯"一面旗"句：指日旗。"曲连"二字为"圈"的合音。毕月乌，古代传说日中有三足乌，此指代太阳。

⑰鸡学舞：指舞凤旗。

⑱狗生双翅：指飞虎旗。

⑲蛇缠葫芦：这是指蟠龙戏珠旗。

⑳银铮：银镀。

㉑"甜瓜苦瓜"句：指金瓜锤。

㉒"明晃晃"句：指朝天镫。

㉓"白雪雪"句：指鹅毛宫扇。

㉔乔人物：装模作样的人。

㉕大作怪：很奇怪。

㉖黄罗伞：指帝王乘舆的车盖，状如一把弯柄大伞。

㉗天曹判：天上的判官。此指侍从人员。

㉘多娇女：指美丽的宫娥。

㉙那身：挪动身躯。那，用同"挪"。

㉚猛可里：猛然间。

㉛须：本来。

㉜根脚：根底，出身。

㉝亭长：刘邦曾经做过泗上亭长。秦制，十里为亭，
　　十亭为乡。耽（dān）：沉溺，迷恋。

㉞拽埧扶锄：泛指平整土地之类的农活。

㉟强：强使，强迫。

㊱斛（hú）：计量单位，古人以十斗为一斛。

㊲册历：帐册。

㊳见（xiàn）放着文书：现在还放着借据在那儿。文
　　书：契约、借据一类。

㊴差发内旋拨还：在官差内立即偿还。差发，官家派

的差役和钱粮。旋，随即，立刻。

㊵私准除：暗地里扣除。

㊶刘三：刘邦排行第三，故称。揪捽（zuó）：揪住，抓着。

㊷白：平白无故。

马致远

马致远，生平介绍见前。其所作套曲【双调·夜行船】"秋思"，是他的代表作，历来颇受推崇。元人周德清《中元音韵》谓其"万中无一"。明人王世贞《艺苑卮言》品评曰："马致远'百岁光阴'，放逸宏丽而不离本色，押韵尤妙。长句如'红尘不向门前惹，绿树偏宜屋角遮，青山正补墙头缺'，又如'和露摘黄花，带霜烹紫蟹，煮酒烧红叶'，俱入妙境。小语如'上床与鞋履相别'，大是名言。结尤疏浚可咏。元人称为第一，真不虚也。"

【双调·夜行船】
秋思

【夜行船】百岁光阴一梦蝶，重回首往事堪嗟。今日春来，明朝花谢，急罚盏夜阑灯灭①。

【乔木查】想秦宫汉阙，都做了衰草牛羊野，不恁么渔樵没话说②。纵荒坟，横断碑，不辨龙蛇③。

【庆宣和】投至狐踪与兔穴，多少豪杰④！鼎足虽坚半腰里折，魏耶，晋耶？

【落梅风】天教你富，莫太奢，没多时好天良夜。富家儿更做道你心似铁，争辜负了锦堂风月⑤？

【风入松】眼前红日又西斜，疾似下破车。不争镜里添白雪⑥，上床与鞋履相别⑦。休笑巢鸠计拙⑧，葫芦提一向装呆⑨。

【拨不断】利名竭，是非绝，红尘不向门前惹，绿树偏宜屋角遮，青山正补墙头缺。更那堪竹篱茅舍。

【离亭宴煞】蛩吟罢一觉才宁贴⑩，鸡鸣时万事无休歇⑪，争名利何年是彻⑫！看密匝匝蚁排兵，乱纷纷蜂酿蜜，急攘攘蝇争血。裴公绿野堂⑬，陶令白莲社⑭。爱秋来时那些：和露摘黄花，带霜烹紫蟹，煮酒烧红叶。想人生有限杯，浑几个重阳节⑮？嘱咐你个顽童记者：便北海探吾来，道东篱醉了也⑯。

【注释】

①急罚盏夜阑灯灭：意谓赶紧喝酒，不然就来不及了。罚盏，指喝酒。古人喝酒，没有喝完的要罚饮。阑，尽，完。

②不恁（nèn）么：不这样，不如此。

③龙蛇：秦汉时的篆书、隶书盘旋曲折，故比为龙蛇。

④"投至"两句：谓等到坟墓成为狐兔出没之所时，不知已消磨了多少豪杰。投至，等到。

⑤"富家儿"两句：奉劝富人们莫悭吝，辜负了大好时光。更做道，纵然是，即使是。争，怎。锦堂风月，喻富贵人家的各种生活享受。

⑥不争：无所谓，不要紧。添白雪：喻添白发。

⑦上床与鞋履相别：佛家说大修行人上床与鞋履相别。此指人的生死距离很近，不可预料。

⑧巢鸠计拙：据说斑鸠鸟性拙，不会做巢，常占喜鹊的巢居住。此句意谓不必作长远打算，得过且过。

⑨葫芦提：糊糊涂涂。

⑩蛩（qióng）：蟋蟀。宁贴：安稳。

⑪鸡鸣时：古人划定的时辰之一。中国古人根据天色的变化将一昼夜划分为十二个时辰，它们分别是：夜半、鸡鸣、平旦、日出、食时、隅中、日中、日昳、晡时、日入、黄昏、人定。"鸡鸣时"相当于凌晨一点至三点。

⑫彻：完，尽。

⑬裴公绿野堂：唐裴度平淮蔡有功，封晋国公，曾主朝政三十年。隐退后在洛阳筑绿野草堂，不问世事。

⑭陶令白莲社：晋高僧慧远在庐山建白莲社，研讨佛理，曾邀陶渊明参与。

⑮浑：还。

⑯"便北海"两句：意谓即使孔融来谈访，我也以酒醉推辞不见面。北海，指东汉孔融，他在献帝时曾做北海相，性好客，常聚友宴饮，为当时名士。

关汉卿

关汉卿，生平介绍见前。《单刀会》为其历史剧代表作。

《单刀会》叙述的是东吴鲁肃为索取荆州，约请关羽过江赴会，想在宴席上胁迫关羽，将荆州交还东吴。关羽虽预知鲁肃的宴会可能有诡计，仍大义凛然，只带贴身数人过江赴会。在席上，关羽英气勃发，晓之以理，迫之以势，挫败了鲁肃的阴谋，使其乖乖送关公一行到江边，关羽之子关平此时亦率兵前来接应。此选七百年来演出最盛的第四折，俗称《刀会》。

单刀会第四折

（鲁肃上，云）欢来不似今朝，喜来那逢今日？小官鲁子敬是也。我使黄文持书去请关公，欣喜许今日赴会，荆襄地合归还俺江东。英雄甲士已暗藏壁衣之后，令江上相候，见船到便来报我知道。（正末关公引周仓上①，云）周仓，将到那里也？（周云）来到大江中流也。（正末云）看了这大江，是一派好水呵！（唱）

【双调·新水令】大江东去浪千叠，引着这数十人驾着这小舟一叶。又不比九重龙凤阙，可正是千丈虎狼穴。大丈夫心别，我觑这单刀会似赛村社。

（云）好一派江景也呵！（唱）

【驻马听】水涌山叠，年少周郎何处也？不觉的灰飞烟灭，可怜黄盖转伤嗟。破曹的樯橹一时绝，鏖兵的江水犹然热，好教我情惨切！（带云）这也不是江水，（唱）二十年流不尽的英雄血！

（云）却早来到也，报复去。（卒报科）（做相见科）（鲁云）江下小会，酒非洞里之长春，乐乃尘中之菲艺，猥劳君侯屈高就下②，降尊临卑，实乃鲁肃之万幸也！（正末云）量某有何德能，着大夫置酒张筵？既请必至。（鲁云）黄文，将酒来。二公子满饮一杯。（正末云）大夫饮此杯。（把盏科）（正末云）想古今咱这人过日月好疾也呵！（鲁云）过日月是好疾也。光阴似骏马加鞭，浮世似落花流水。（正末唱）

【胡十八】想古今立勋业，那里也舜五人汉三杰？两朝相隔数年别，不甫能见者，却又早老也。开怀的饮数杯。（云）将酒来。（唱）尽心儿待醉一夜。

（把盏科）（正末云）你知"以德报德，以直报怨"么③？（鲁云）既然将军言"以德报德，以直报怨"，借物不还者谓之怨。想君侯文武全材，通练兵书，习《春秋》、《左传》，济拔颠危，匡扶社稷，可不谓之仁乎？待玄德如骨肉，觑曹操若仇雠，可不谓之义乎？辞曹归汉，弃印封金，可不谓之礼乎？坐服于禁，水淹七军，可不谓之智乎？且将军仁义礼智俱足，惜乎止少个"信"字，欠缺未完。再若得全个"信"字，无出君侯之右也。（正末云）我怎生失信？（鲁云）非将军失信，皆因令兄玄德公失信。（正末云）我哥哥怎生失信来？（鲁云）想昔日玄德公败于当阳之上，身无所归，因鲁肃之故，屯军三江夏口。鲁肃又与孔明同见我主公，即日兴师拜将，破曹兵于赤壁之间。江东所费巨万，又折了首将黄盖。因将军贤昆玉无尺寸地④，暂借荆州以为养军之资，数年不还。今日鲁肃低情曲意，暂取荆州，以为救民之急。待仓廪丰盈，然后再

献与将军掌领。鲁肃不敢自专，君侯台鉴不错。(正末
云)你请我吃筵席来那，是索荆州来?(鲁云)没、没、
没，我则这般道。孙、刘结亲，以为唇齿，两国正好
和谐。(正末唱)

【庆东原】你把我真心儿待，将筵宴设，你这般攀
今揽古，分甚枝叶?我跟前使不着你"之乎者也"、
"诗云子曰"，早该豁口截舌⑤!有意说孙、刘，你
休目下翻成吴越!

(鲁云)将军原来傲物轻信!(正末云)我怎么傲物轻
信?(鲁云)当日孔明亲言：破曹之后，荆州即还江东。
鲁肃亲为担保。不思旧日之恩，今日恩变为仇，犹自
说"以德报德，以直报怨"!圣人道："信近于义，言
可复也⑥。""去食去兵，不可去信"⑦，"大车无辕，小
车无轨，其何以行之哉"⑧?今将军全无仁义之心，枉
作英雄之辈。荆州久借不还，却不道"人无信不立"!

(正末云)鲁子敬，你听的这剑戒么⑨?(鲁云)剑戒怎
么?(正末云)我这剑，头一遭诛了文丑，第二遭斩了
蔡阳，鲁肃呵，莫不第三遭到你也?(鲁云)没、没、
我则这般道来。(正末云)这荆州是谁的?(鲁云)这荆
州是俺的。(正末云)你不知，听我说。(唱)

【沉醉东风】想着俺汉高皇图王霸业，汉光武秉正
除邪，汉献帝将董卓诛，汉皇叔把温侯灭，俺哥哥
合承受汉家基业。则你这东吴国的孙权和俺刘家却
是甚枝叶?请你个不克己先生自说!

(鲁云)那里甚么响?(正末云)这剑戒二次也。(鲁云)

却怎么说?(正末云)这剑按天地之灵,金火之精,阴阳之气,日月之形;藏之则鬼神遁迹,出之则魑魅潜踪;喜则恋鞘沉沉而不动,怒则跃匣铮铮而有声。今朝席上,倘有争锋,恐君不信,拔剑施呈。吾当摄剑,鲁肃休惊。这剑果有神威不可当,庙堂之器岂寻常。今朝索取荆州事,一剑先教鲁肃亡。(唱)

【雁儿落】则为你三寸不烂舌,恼犯我三尺无情铁。这剑饥餐上将头,渴饮仇人血。

【得胜令】则是条龙向鞘中蛰⑩,虎在座间趄⑪。今日故友每才相见,休着俺弟兄每相间别。鲁子敬听者,你内心休乔怯⑫,畅好是随邪⑬,休怪我十分酒醉也。

(鲁云)臧宫动乐。(臧宫上,云)天有五星,地攒五岳。人有五德,乐按五音。五星者:金、木、水、火、土。五岳者:常、恒、泰、华、嵩。五德者:温、良、恭、俭、让。五音者:宫、商、角、徵、羽。(甲士拥上科)(鲁云)埋伏了者。(正末击案,怒云)有埋伏也无埋伏?(鲁云)并无埋伏。(正末云)若有埋伏,一剑挥之两段!(做击案科)(鲁云)你击碎菱花。(正末云)我特来破镜!(唱)

【搅筝琶】却怎生闹炒炒军兵列,休把我当拦者。(云)当着我的,呵呵!(唱)我着他剑下身亡,目前流血!便有那张仪口、蒯通舌⑭,休那里躲闪藏遮。好生的送我到船上者,我和你慢慢的相别。

(鲁云)你去了倒是一场伶俐。(黄文云)将军,有埋伏

哩。(鲁云)迟了我的也。(关平领众将上,云)请父亲上船,孩儿每来迎接哩。(正末云)鲁肃,休惜殿后。(唱)

【离亭宴带歇指煞】我则见紫袍银带公人列,晚天凉风冷芦花谢,我心中喜悦。昏惨惨晚霞收,冷飕飕江风起,急飐飐帆招惹。承管待、承管待,多承谢、多承谢。唤梢公慢者,缆解开岸边龙,船分开波中浪,棹搅碎江心月。正欢娱有甚进退,且谈笑不分明夜。说与你两件事先生记者:百忙里称不了老兄心,急切里倒不了俺汉家节⑮。(下)

【注释】

①正末:元剧脚色名,扮男称"正末",扮女称"正旦",元剧套曲皆由正末或正旦主唱,其他脚色只在场上说白或插科打诨。

②猥劳君侯:劳驾君侯。猥,卑下意。此表谦恭。君侯,古时称"列侯"为"君侯",关羽曾被封为"汉寿亭侯"。

③以德报德,以直报怨:语出《论语》,意谓用恩德回报别人的恩德,用公正的态度和方法对待别人的怨恨。

④贤昆玉:对别人兄弟的美称。此指刘备。

⑤豁口截舌:豁开其口、截断其舌,意思是怪他说话太多,不得体。

⑥信近于义,言可复也:语出《论语》,意谓守信用与"义"相近,因为说出的话可用行动来验证。

⑦去食去兵，不可去信：语出《论语》，意谓可以没有
　　粮食，没有兵器，但不能没有信用。

⑧大车无辄（ní），小车无軏（yuè），其何以行之哉：
　　语出《论语》。古代的牛车叫大车，马车叫小车，
　　车前均有驾牲口的横木，横木上有活塞，大车叫
　　"辄"，小车叫"軏"。没有辄、軏，就不能驾车。孔
　　子用辄、軏比喻信义的不可缺少。

⑨剑戒：剑鸣。王恽《秋涧集》云："（梁奉议）乃告
　　予曰：'仆有一剑，颇古而犀利。自落吾手，每临静
　　夜，屡聆悲鸣，比复作声铮然也。且闻百炼之精，
　　或尝试人者则鸣，世传以为剑戒。'"

⑩蛰：动物冬眠时潜伏洞穴中不食不动的状态，引申
　　为藏匿不出。

⑪蹉：盘旋。

⑫乔怯：假装害怕。

⑬随邪：歪斜，不正经。

⑭张仪口、蒯（kuǎi）通舌：张仪、蒯通都是战国时
　　著名的说客辩士。

⑮急切里：急迫之间。

白　朴

　　白朴，生平介绍见前。《梧桐雨》为其代表作，叙述的
是唐明皇与杨贵妃的爱情故事。唐明皇宠幸杨贵妃，奸臣
杨国忠当朝，招致安禄山叛乱。唐明皇仓皇逃亡四川避难，

行至马嵬驿，发生兵变。护驾兵士杀死杨国忠后，又迫使唐明皇赐杨贵妃自尽。"安史之乱"后，唐明皇回到长安，成为太上皇。使人描摹杨贵妃真容，朝夕哭奠。在雨打秋桐的秋夜，则备加思念。此处节选的第四折即表现唐明皇在秋夜梧桐雨中对杨贵妃的思念之情。

梧桐雨第四折

（高力士上，云）自家高力士是也。自幼供奉内宫，蒙主上抬举，加为六宫提督太监。往年主上悦杨氏容貌，命某取入宫中，宠爱无比，封为贵妃，赐号太真。后来逆胡称兵，伪诛杨国忠为名，逼的主上幸蜀。行至中途，六军不进。右龙武将军陈玄礼奏过，杀了国忠，祸连贵妃。主上无可奈何，只得从之，缢死马嵬驿中。今日贼平无事，主上还国，太子做了皇帝。主上养老，退居西宫，昼夜只是想贵妃娘娘。今日教某挂起真容，朝夕哭奠。不免收拾停当，在此伺候咱。（正末上，云）寡人自幸蜀还京，太子破了逆贼，即了帝位。寡人退居西宫养老，每日只是思量妃子。教画工画了一轴真容供养着，每日相对，越增烦恼也呵！（做哭科，唱）

【正宫·端正好】自从幸西川还京兆，甚的是月夜花朝！这半年来白发添多少，怎打叠愁容貌！

【幺篇】瘦岩岩不避群臣笑，玉仪儿将画轴高挑。荔枝花果香檀桌①，目觑了伤怀抱。

（做看真容科，唱）

【滚绣球】险些把我气冲倒，身谩靠，把太真妃放声高叫。叫不应，雨泪嚎咷。这待诏手段高②，画的来没半星儿差错。虽然是快染能描，画不出沉香亭畔回鸾舞，花萼楼前上马娇，一段儿妖娆。

【倘秀才】妃子呵，常记得千秋节华清宫宴乐，七夕会长生殿乞巧。誓愿学连理枝比翼鸟，谁想你乘彩凤返丹霄，命夭！

（带云）寡人越看越添伤感，怎生是好！（唱）

【呆骨朵】寡人有心待盖一座杨妃庙，争奈无权柄谢位辞朝。则俺这孤辰限难熬③，更打着离恨天最高④。在生时同衾枕，不能够死后也同棺椁。谁承望马嵬坡尘土中，可惜把一朵海棠花零落了。

（带云）一会儿身子困乏，且下这亭子去闲行一会咱。

（唱）

【白鹤子】那身离殿宇⑤，信步下亭皋。见杨柳袅翠蓝丝，芙蓉拆胭脂萼。

【幺】见芙蓉怀媚脸，遇杨柳忆纤腰。依旧的两般儿点缀上阳宫，他管一灵儿潇洒长安道。

【幺】常记得碧梧桐阴下立，红牙箸手中敲⑥。他笑整缕金衣，舞按霓裳乐。

【幺】到如今翠盘中荒草满，芳树下暗香消。空对井梧阴，不见倾城貌。

（做叹科，云）寡人也怕闲行，不如回去来。（唱）

【倘秀才】本待闲散心追欢取乐，倒惹的感旧恨天荒地老。快快归来凤帏悄，甚法儿挨今宵？懊恼！

（带云）回到这寝殿中，一弄儿助人愁也。（唱）

【芙蓉花】淡氤氲篆烟袅⑦，昏惨剌银灯照⑧。玉漏
迢迢，才是初更报。暗觑清霄，盼梦里他来到。却
不道口是心苗⑨，不住的频频叫。

（带云）不觉一阵昏迷上来，寡人试睡些儿。（唱）

【伴读书】一会家心焦躁，四壁厢秋虫闹。忽见掀
帘西风恶，遥观满地阴云罩。俺这里披衣闷把帏屏
靠，业眼难交。

【笑和尚】原来是滴溜溜绕闲阶败叶飘，疏剌剌刷
落叶被西风扫，忽鲁鲁风闪得银灯爆。厮琅琅鸣殿
铎⑩，扑簌簌动朱箔⑪，吉丁当玉马儿向檐间闹。

（做睡科，唱）

【倘秀才】闷打颏和衣卧倒⑫，软兀剌方才睡着⑬。
（旦上，云）妾身贵妃是也。今日殿中设宴，宫娥，请主上
赴席咱。（正末唱）忽见青衣走来报，道太真妃将寡人
邀，宴乐。

（正末见旦科，云）妃子，你在那里来？（旦云）今日长
生殿排宴，请主上赴席。（正末云）分付梨园子弟齐备
着。（旦下）（正末做惊醒科，云）呀！元来是一梦。分
明梦见妃子，却又不见了。（唱）

【双鸳鸯】斜軃翠鸾翘⑭，浑一似出浴的旧风标⑮，
映着云屏一半儿娇。好梦将成还惊觉，半襟情泪湿
鲛绡。

【蛮姑儿】懊恼，窨约⑯。惊我来的又不是楼头过雁，
砌下寒蛩，檐前玉马，架上金鸡。是兀那窗儿外梧

桐上雨潇潇。一声声洒残叶，一点点滴寒梢，会把愁人定虐⑰。

【滚绣球】这雨呵，又不是救旱苗，润枯草，洒开花萼，谁望道秋雨如膏。向青翠条，碧玉梢，碎声儿刘刴，增百十倍歇和芭蕉。子管里珠连玉散飘千颗⑱，平白地瀽瓮番盆下一宵⑲，惹的人心焦。

【叨叨令】一会价紧呵，似玉盘中万颗珍珠落；一会价响呵，似玳筵前几簇笙歌闹；一会价清呵，似翠岩头一派寒泉瀑；一会价猛呵，似绣旗下数面征鼙操。兀的不恼杀人也么哥！兀的不恼杀人也么哥！则被他诸般儿雨声相聒噪。

【倘秀才】这雨一阵阵打梧桐叶凋，一点点滴人心碎了。枉着金井银床紧围绕⑳，只好把泼枝叶做柴烧，锯倒。

（带云）当初妃子舞翠盘时，在此树下，寡人与妃子盟誓时，亦对此树。今日梦境相寻，又被他惊觉了。
（唱）

【滚绣球】长生殿那一宵，转回廊、说誓约，不合对梧桐并肩斜靠，尽言词絮絮叨叨。沉香亭那一朝，按《霓裳》、舞《六幺》，红牙箸击成腔调，乱宫商闹闹炒炒。是兀那当时欢会栽排下，今日凄凉厮辏着，暗地量度。

（高力士云）主上，这诸样草木，皆有雨声，岂独梧桐？（正末云）你那里知道，我说与你听者。（唱）

【三煞】润蒙蒙杨柳雨，凄凄院宇侵帘幕。细丝丝梅子雨，装点江干满楼阁。杏花雨红湿阑干，梨花雨玉容寂寞。荷花雨翠盖翩翩，豆花雨绿叶潇条。都不似你惊魂破梦，助恨添愁，彻夜连宵。莫不是水仙弄娇，蘸杨柳洒风飘？

【二煞】唭唭似喷泉瑞兽临双沼㉑，刷刷似食叶春蚕散满箔。乱洒琼阶，水传宫漏，飞上雕檐，洒滴新槽。直下的更残漏断，枕冷衾寒，烛灭香消。可知道夏天不觉，把高凤麦来漂㉒。

【黄钟煞】顺西风低把纱窗哨，送寒气频将绣户敲。莫不是天故将人愁闷搅？前度铃声响栈道。似花奴羯鼓调㉓，如伯牙《水仙操》，洗黄花润篱落，渍苍苔倒墙角。渲湖山漱石窍，浸枯荷溢池沼，沾残蝶粉渐消，洒流萤焰不着。绿窗前促织叫，声相近雁影高。催邻砧处处捣，助新凉分外早。斟量来这一宵，雨和人紧厮熬。伴铜壶点点敲，雨更多泪不少。雨湿寒梢，泪染龙袍。不肯相饶，共隔着一树梧桐直滴到晓。

【注释】

①荔枝花果：《新唐书》载："（杨贵）妃嗜荔枝，必欲生致之。乃置骑传送，走数千里味未变。"

②待诏：唐代设翰林院，凡擅长文辞、经术、医卜等人士都收容在里面，随时等待皇帝招宣，称为"待诏"。此指宫廷画师。

③孤辰限：孤寡不吉的日子。过去星命家用十天干和

十二地支计算时辰，每旬多出的地支，称为"孤辰"。

④离恨天：按佛教之说，天有三十三层，其中"离恨天"为最高的天。

⑤那：用同"挪"。

⑥红牙箸：红色象牙箸，为打节拍的乐器。

⑦氤氲（yīnyūn）：阴云弥漫。篆烟：烟气盘旋屈曲，像篆书一样，故云。

⑧昏惨剌：昏暗、凄惨的样子。剌，语助词。

⑨口是心苗：意谓说藏在心中的思想情感，必然在语言中流露。

⑩殿铎（duó）：殿铃。

⑪朱箔（bó）：红色的帘子。

⑫闷打颏（kē）：呆闷的样子。

⑬软兀剌：软摊摊的样子。兀剌，语助词，无实在意义。

⑭鬌（duǒ）：下垂。翠鸾翘：一种首饰。

⑮出浴的旧风标：白居易《长恨歌》有："春寒赐浴华清池，温泉水滑洗凝脂。侍儿扶起娇无力，始是新承恩泽时。"此句即指此。风标，风韵。

⑯窨（yìn）约：思量，忖度。

⑰定虐：打搅，扰乱。

⑱子管：只管，一味。

⑲瀽（jiǎn）瓮番盆：即倾瓮翻盆。瀽，泼（水）、倒（水）。番，翻。

⑳金井银床：金井，诗词中常用以指代宫廷或园林中

的井。银床，井上的辘轳架，一说是井边围栏。

㉑哝哝（chuáng）：拟声词，形容雨声。喷泉瑞兽：指池塘边的石兽，水从其口中喷出。

㉒高凤：东汉时人，据说因专心读书，所晒之麦为暴雨冲走而不觉。《后汉书·高凤传》载："（高凤）少为书生，家以农亩为业，而专精诵读，昼夜不息。妻尝之田曝麦于庭，令凤护鸡，时天暴雨，而凤持竿诵经不觉，潦水流麦。妻还怪问，凤方悟之。"

㉓花奴羯（jié）鼓：唐汝阳王李琎小名，擅长击羯鼓。